Annie Ernaux

La place

Gallimard

Annie Ernaux a passé toute sa jeunesse à Yvetot, en Normandie. Agrégée de lettres modernes, elle a enseigné à Annecy, Pontoise et au Centre national d'enseignement à distance. Elle vit dans le Val-d'Oise, à Cergy.

« Je hasarde une explication : écrire c'est le dernier recours quand on a trahi. »

JEAN GENET

J'ai passé les épreuves pratiques du Capes dans un lycée de Lyon, à la Croix-Rousse. Un lycée neuf, avec des plantes vertes dans la partie réservée à l'administration et au corps enseignant, une bibliothèque au sol en moquette sable. J'ai attendu là qu'on vienne me chercher pour faire mon cours, objet de l'épreuve, devant l'inspecteur et deux assesseurs, des profs de lettres très confirmés. Une femme corrigeait des copies avec hauteur, sans hésiter. Il suffisait de franchir correctement l'heure suivante pour être autorisée à faire comme elle toute ma vie. Devant une classe de première, des matheux, j'ai expliqué vingt-cinq lignes – il fallait les numéroter – du *Père Goriot* de Balzac. « Vous les avez traînés, vos élèves », m'a reproché l'inspec-

11

teur ensuite, dans le bureau du proviseur. Il était assis entre les deux assesseurs, un homme et une femme myope avec des chaussures roses. Moi en face. Pendant un quart d'heure, il a mélangé critiques, éloges, conseils, et j'écoutais à peine, me demandant si tout cela signifiait que j'étais reçue. D'un seul coup, d'un même élan, ils se sont levés tous trois, l'air grave. Je me suis levée aussi, précipitamment. L'inspecteur m'a tendu la main. Puis, en me regardant bien en face : « Madame, je vous félicite. » Les autres ont répété « je vous félicite » et m'ont serré la main, mais la femme avec un sourire.

Je n'ai pas cessé de penser à cette cérémonie jusqu'à l'arrêt de bus, avec colère et une espèce de honte. Le soir même, j'ai écrit à mes parents que j'étais professeur « titulaire ». Ma mère m'a répondu qu'ils étaient très contents pour moi.

pas d'émotion

* shame elle n'est pas heureuse de passer.

12

Mon père est mort deux mois après, jour pour jour. Il avait soixante-sept ans et tenait avec ma mère un café-alimentation dans un quartier tranquille non loin de la gare, à Y... (Seine-Maritime). Il comptait se retirer dans un an. Souvent, durant quelques secondes, je ne sais plus si la scène du lycée de Lyon a eu lieu avant ou après, si le mois d'avril venteux où je me vois attendre un bus à la Croix-Rousse doit précéder ou suivre le mois de juin étouffant de sa mort.

C'était un dimanche, au début de l'après-midi.

Ma mère est apparue dans le haut de l'escalier. Elle se tamponnait les yeux avec la serviette de table qu'elle avait dû emporter avec elle en montant dans la chambre après le déjeuner. Elle a dit d'une voix neutre : « C'est fini. » Je ne me souviens pas des

13

minutes qui ont suivi. Je revois seulement les yeux de mon père fixant quelque chose derrière moi, loin, et ses lèvres retroussées au-dessus des gencives. Je crois avoir demandé à ma mère de lui fermer les yeux. Autour du lit, il y avait aussi la sœur de ma mère et son mari. Ils se sont proposés pour aider à la toilette, au rasage, parce qu'il fallait se dépêcher avant que le corps ne se raidisse. Ma mère a pensé qu'on pourrait le revêtir du costume qu'il avait étrenné pour mon mariage trois ans avant. Toute cette scène se déroulait très simplement, sans cris, ni sanglots, ma mère avait seulement les yeux rouges et un rictus continuel. Les gestes s'accomplissaient tranquillement, sans désordre, avec des paroles ordinaires. Mon oncle et ma tante répétaient « il a vraiment fait vite » ou « qu'il a changé ». Ma mère s'adressait à mon père comme s'il était encore vivant, ou habité par une forme spéciale de vie, semblable à celle des nouveau-nés. Plusieurs fois, elle l'a appelé « mon pauvre petit père » avec affection.

Après le rasage, mon oncle a tiré le corps,

l'a tenu levé pour qu'on lui enlève la chemise qu'il portait ces derniers jours et la remplacer par une propre. La tête retombait en avant, sur la poitrine nue couverte de marbrures. Pour la première fois de ma vie, j'ai vu le sexe de mon père. Ma mère l'a dissimulé rapidement avec les pans de la chemise propre, en riant un peu : « Cache ta misère, mon pauvre homme. » La toilette finie, on a joint les mains de mon père autour d'un chapelet. Je ne sais plus si c'est ma mère ou ma tante qui a dit : « Il est plus gentil comme ça », c'est-à-dire net, convenable. J'ai fermé les persiennes et levé mon fils couché pour sa sieste dans la chambre à côté. « Grand-père fait dodo. »

Avertie par mon oncle, la famille qui vit à Y... est venue. Ils montaient avec ma mère et moi, et restaient devant le lit, silencieux quelques instants, après quoi ils chuchotaient sur la maladie et la fin brutale de mon père. Quand ils étaient redescendus, nous leur offrions à boire dans le café.

Je ne me souviens pas du médecin de garde qui a constaté le décès. En quelques heures, la figure de mon père est devenue méconnaissable. Vers la fin de l'après-midi, je me suis trouvée seule dans la chambre. Le soleil glissait à travers les persiennes sur le linoléum. Ce n'était plus mon père. Le nez avait pris toute la place dans la figure creusée. Dans son costume bleu sombre lâche autour du corps, il ressemblait à un oiseau couché. Son visage d'homme aux yeux grands ouverts et fixes de l'heure suivant sa mort avait déjà disparu. Même celui-là, je ne le reverrais jamais.

On a commencé de prévoir l'inhumation, la classe des pompes funèbres, la messe, les faire-part, les habits de deuil. J'avais l'impression que ces préparatifs n'avaient pas de lien avec mon père. Une cérémonie dont il serait absent pour une raison quelconque. Ma mère était dans un état de grande excitation et m'a confié que, la nuit d'avant, mon père avait tâtonné vers elle pour l'embrasser, alors qu'il ne parlait déjà plus. Elle a ajouté : « Il était beau garçon, tu sais, étant jeune. »

L'odeur est arrivée le lundi. Je ne l'avais pas imaginée. Relent doux puis terrible de fleurs oubliées dans un vase d'eau croupie.

Ma mère n'a fermé le commerce que pour l'enterrement. Sinon, elle aurait perdu des clients et elle ne pouvait pas se le permettre. Mon père décédé reposait en haut et elle servait des pastis et des rouges en bas. Larmes, silence et dignité, tel est le comportement qu'on doit avoir à la mort d'un proche, dans une vision distinguée du monde. Ma mère, comme le voisinage, obéissait à des règles de savoir-vivre où le souci de dignité n'a rien à voir. Entre la mort de mon père le dimanche et l'inhumation le mercredi, chaque habitué, sitôt assis, commentait l'événement d'une façon laconique, à voix basse : « Il a drôlement fait vite... », ou faussement joviale : « Alors il s'est laissé aller le patron ! » Ils faisaient part de leur émotion quand ils avaient appris la nouvelle, « j'ai été retourné »,

17

« je ne sais pas ce que ça m'a fait ». Ils voulaient manifester ainsi à ma mère qu'elle n'était pas seule dans sa douleur, une forme de politesse. Beaucoup se rappelaient la dernière fois qu'ils l'avaient vu en bonne santé, recherchant tous les détails de cette dernière rencontre, le lieu exact, le jour, le temps qu'il faisait, les paroles échangées. Cette évocation minutieuse d'un moment où la vie allait de soi servait à exprimer tout ce que la mort de mon père avait de choquant pour la raison. C'est aussi par politesse qu'ils voulaient voir le patron. Ma mère n'a pas accédé toutefois à toutes les demandes. Elle triait les bons, animés d'une sympathie véritable, des mauvais poussés par la curiosité. A peu près tous les habitués du café ont eu l'autorisation de dire au revoir à mon père. L'épouse d'un entrepreneur voisin a été refoulée parce qu'il n'avait jamais pu la sentir de son vivant, elle et sa bouche en cul de poule.

Les pompes funèbres sont venues le lundi. L'escalier qui monte de la cuisine aux chambres s'est révélé trop étroit pour le passage du cercueil. Le corps a dû être enveloppé dans un sac de plastique et traîné, plus que transporté, sur les marches, jusqu'au cercueil posé au milieu du café fermé pour une heure. Une descente très longue, avec les commentaires des employés sur la meilleure façon de s'y prendre, pivoter dans le tournant, etc.

Il y avait un trou dans l'oreiller sur lequel sa tête avait reposé depuis dimanche. Tant que le corps était là, nous n'avions pas fait le ménage de la chambre. Les vêtements de mon père étaient encore sur la chaise. De la poche à fermeture éclair de la salopette, j'ai retiré une liasse de billets, la recette du mercredi précédent. J'ai jeté les médicaments et porté les vêtements au sale.

La veille de l'inhumation, on a fait cuire une pièce de veau pour le repas qui suivrait la cérémonie. Il aurait été indélicat de renvoyer le ventre vide les gens qui vous font l'honneur d'assister aux obsèques. Mon mari est arrivé le soir, bronzé, gêné par un deuil qui n'était pas le sien. Plus que jamais, il a paru déplacé ici. On a dormi dans le seul lit à deux places, celui où mon père était mort.

Beaucoup de gens du quartier à l'église, les femmes qui ne travaillent pas, des ouvriers qui avaient pris une heure. Naturellement, aucune de ces personnes « haut placées » auxquelles mon père avait eu affaire pendant sa vie ne s'était dérangée, ni d'autres commerçants. Il ne faisait partie de rien, payant juste sa cotisation à l'union commerciale, sans participer à quoi que ce soit. Dans l'éloge funèbre, l'archiprêtre a parlé d'une « vie d'honnêteté, de travail », « un homme qui n'a jamais fait de tort à personne ».

Il y a eu le serrement des mains. Par une erreur du sacristain dirigeant l'opération – à moins qu'il n'ait imaginé ce moyen d'un tour supplémentaire pour grossir le nombre des assistants – les mêmes gens qui nous avaient serré la main sont repassés. Une ronde cette fois rapide et sans condoléances. Au cimetière, quand le cercueil est descendu en oscillant entre les cordes, ma mère a éclaté en sanglots, comme le jour de mon mariage, à la messe.

Le repas d'inhumation s'est tenu dans le café, sur les tables mises bout à bout. Après un début silencieux, les conversations se sont mises en train. L'enfant, réveillé d'une bonne sieste, allait des uns aux autres en offrant une fleur, des cailloux, tout ce qu'il trouvait dans le jardin. Le frère de mon père, assez loin de moi, s'est penché pour me voir et me lancer : « Te rappelles-tu quand ton père te conduisait sur son vélo à l'école ? » Il avait la même voix que mon père. Vers cinq heures, les invités sont partis. On a rangé les tables sans parler. Mon mari a repris le train le soir même.

Je suis restée quelques jours avec ma mère pour les démarches et formalités courantes après un décès. Inscription sur le livret de famille à la mairie, paiement des pompes funèbres, réponses aux faire-part. Nouvelles cartes de visite, madame *veuve* A... D... Une période blanche, sans pensées. Plusieurs fois, en marchant dans les rues, « je suis une grande personne » (ma mère, autrefois, « tu es une grande fille » à cause des règles).

On a réuni les vêtements de mon père pour les distribuer à des gens qui en auraient besoin. Dans son veston de tous les jours, accroché dans le cellier, j'ai trouvé son portefeuille. Dedans, il y avait un peu d'argent, le permis de conduire et, dans la partie qui se replie, une photo glissée à l'intérieur d'une coupure de journal. La photo, ancienne, avec des bords dentelés, montrait un groupe d'ouvriers alignés sur trois rangs, regardant l'objectif, tous en casquette. Photo typique des livres d'histoire pour « illustrer » une grève ou le Front populaire. J'ai reconnu mon père au dernier rang, l'air sérieux, presque inquiet. Beaucoup rient. La coupure de journal donnait les résultats, par ordre de mérite, du concours d'entrée des bachelières à l'école normale d'institutrices. Le deuxième nom, c'était moi.

Ma mère est redevenue calme. Elle servait les clients comme avant. Seule, ses traits s'affaissaient. Chaque matin, tôt, avant l'ouverture du commerce, elle a pris l'habitude d'aller au cimetière.

Dans le train du retour, le dimanche, j'essayais d'amuser mon fils pour qu'il se tienne tranquille, les voyageurs de première n'aiment pas le bruit et les enfants qui bougent. D'un seul coup, avec stupeur, « maintenant, je suis vraiment une bourgeoise » et « il est trop tard ».

Plus tard, au cours de l'été, en attendant mon premier poste, « il faudra que j'explique tout cela ». Je voulais dire, écrire au sujet de mon père, sa vie, et cette distance venue à l'adolescence entre lui et moi. Une distance de classe, mais particulière, qui n'a pas de nom. Comme de l'amour séparé.

Par la suite, j'ai commencé un roman dont il était le personnage principal. Sensation de dégoût au milieu du récit.

Depuis peu, je sais que le roman est impossible. Pour rendre compte d'une vie soumise à la nécessité, je n'ai pas le droit de prendre d'abord le parti de l'art, ni de chercher à faire quelque chose de « passionnant », ou d'« émouvant ». Je rassemblerai les paroles, les gestes, les goûts de mon père, les faits marquants de sa vie, tous les signes objectifs d'une existence que j'ai aussi partagée.

Aucune poésie du souvenir, pas de dérision jubilante. L'écriture plate me vient naturellement, celle-là même que j'utilisais en écrivant autrefois à mes parents pour leur dire les nouvelles essentielles.

I. Les grandparents

a) grand-père - charretier analphabète loue ses services

b) grand-mère - éduqué mais piegée en tant qu'ouvrière

L'histoire commence quelques mois avant le vingtième siècle, dans un village du pays de Caux, à vingt-cinq kilomètres de la mer.

Ceux qui n'avaient pas de terre se *louaient* chez les gros fermiers de la région. Mon grand-père travaillait donc dans une ferme comme charretier. L'été, il faisait aussi les foins, la moisson. Il n'a rien fait d'autre de toute sa vie, dès l'âge de huit ans. Le samedi soir, il rapportait à sa femme toute sa paye et elle lui donnait son dimanche pour qu'il aille jouer aux dominos, boire son petit verre. Il rentrait saoul, encore plus sombre. Pour un rien, il distribuait des coups de casquette aux enfants. C'était un homme dur, personne n'osait lui chercher des noises. Sa femme *ne riait pas tous les jours*. Cette méchanceté était son ressort vital, sa force pour résister à la misère et croire qu'il était un homme. Ce qui le rendait violent, surtout, c'était de voir chez lui quelqu'un de la famille plongé dans un livre ou un journal. Il n'avait pas eu le temps d'apprendre à lire et à écrire. Compter, il savait.

Je n'ai vu qu'une seule fois mon grand-père, à l'hospice où il devait mourir trois mois après. Mon père m'a menée par la main à travers deux rangées de lits, dans une salle immense, vers un très petit vieux à la belle chevelure blanche et bouclée. Il riait tout le temps en me regardant, plein de gentillesse. Mon père lui avait glissé un quart d'eau-de-vie, qu'il avait enfoui sous ses draps.

Chaque fois qu'on m'a parlé de lui, cela commençait par « il ne savait ni lire ni écrire », comme si sa vie et son caractère ne se comprenaient pas sans cette donnée initiale. Ma grand-mère, elle, avait appris à l'école des sœurs. Comme les autres femmes du village, elle tissait chez elle pour le compte d'une fabrique de Rouen, dans une pièce sans air recevant un jour étroit d'ouvertures allongées, à peine plus larges que des meurtrières. Les étoffes ne devaient pas être abîmées par la lumière. Elle était propre sur elle et dans son ménage, qualité la plus importante au village, où les voisins surveillaient la blancheur et l'état du linge en train de sécher sur la corde et savaient si le seau de nuit était vidé tous les jours. Bien que les maisons soient isolées les unes des autres par des haies et des talus, rien n'échappait au regard des gens, ni l'heure à laquelle l'homme était rentré du bistrot, ni la semaine où les serviettes hygiéniques auraient dû se balancer au vent.

Ma grand-mère avait même de la distinction, aux fêtes elle portait un faux cul en carton et elle ne pissait pas debout sous ses jupes comme la plupart des femmes de la campagne, par commodité. Vers la quarantaine, après cinq enfants, les idées noires lui sont venues, elle cessait de parler durant des jours. Plus tard, des rhumatismes aux mains et aux jambes. Pour guérir, elle allait voir saint Riquier, saint Guillaume du Désert, frottait la statue avec un linge qu'elle s'appliquait sur les parties malades. Progressivement elle a cessé de marcher. On louait une voiture à cheval pour la conduire aux saints.

Ils habitaient une maison basse, au toit de chaume, au sol en terre battue. Il suffit d'arroser avant de balayer. Ils vivaient des produits du jardin et du poulailler, du beurre et de la crème que le fermier cédait à mon grand-père. Des mois à l'avance ils pensaient aux noces et aux communions, ils y arrivaient le ventre creux de trois jours pour mieux profiter. Un enfant du village, en convalescence d'une scarlatine, est mort étouffé sous les vomissements des morceaux de volaille dont on l'avait gavé. Les dimanches d'été, ils allaient aux « assemblées », où l'on jouait et dansait. Un jour, mon père, en haut du mât de cocagne, a glissé sans avoir décroché le panier de victuailles. La colère de mon grand-père dura des heures. *« Espèce de grand piot »* (nom du dindon en normand).

Le signe de croix sur le pain, la messe, les pâques. Comme la propreté, la religion leur donnait la dignité. Ils s'habillaient en dimanche, chantaient le Credo en même temps que les gros fermiers, mettaient des sous dans le plat. Mon père était enfant de chœur, il aimait accompagner le curé porter le viatique. Tous les hommes se découvraient sur leur passage.

Les enfants avaient toujours des vers. Pour les chasser, on cousait à l'intérieur de la chemise, près du nombril, une petite bourse remplie d'ail. L'hiver, du coton dans les oreilles. Quand je lis Proust ou Mauriac, je ne crois pas qu'ils évoquent le temps où mon père était enfant. Son cadre à lui c'est le Moyen Âge.

Il faisait deux kilomètres à pied pour atteindre l'école. Chaque lundi, l'instituteur inspectait les ongles, le haut du tricot de corps, les cheveux à cause de la vermine. Il enseignait durement, la règle de fer sur les doigts, *respecté*. Certains de ses élèves parvenaient au certificat dans les premiers du canton, un ou deux à l'école normale d'instituteurs. Mon père manquait la classe, à cause des pommes à ramasser, du foin, de la paille à botteler, de tout ce qui se sème et se récolte. Quand il revenait à l'école, avec son frère aîné, le maître hurlait « Vos parents veulent donc que vous soyez misérables comme eux! ». Il a réussi à savoir lire et écrire sans faute. Il aimait apprendre. (On disait apprendre tout court, comme boire ou manger.) Dessiner aussi, des têtes, les animaux. A douze ans, il se trouvait dans la classe du certificat. Mon grand-père l'a retiré de l'école pour le placer dans la même ferme que lui. On ne pouvait plus le nourrir à rien faire. « On n'y pensait pas, c'était pour tout le monde pareil. »

Le livre de lecture de mon père s'appelait *Le tour de la France par deux enfants*. On y lit des phrases étranges, comme :

Apprendre à toujours être heureux de notre sort (p. 186 de la 326ᵉ édition).

Ce qu'il y a de plus beau au monde, c'est la charité du pauvre (p. 11).

Une famille unie par l'affection possède la meilleure des richesses (p. 260).

Ce qu'il y a de plus heureux dans la richesse, c'est qu'elle permet de soulager la misère d'autrui (p. 130).

Le sublime à l'usage des enfants pauvres donne ceci :

L'homme actif ne perd pas une minute, et, à la fin de la journée, il se trouve que chaque heure lui a apporté quelque chose. Le négligent, au contraire, remet toujours la peine à un autre moment; il s'endort et s'oublie partout, aussi bien au lit qu'à la table et à la conversation; le jour arrive à sa fin, il n'a rien fait; les mois et les années s'écoulent, la vieillesse vient, il en est encore au même point.

C'est le seul livre dont il a gardé le souvenir, « ça nous paraissait réel ».

Il s'est mis à traire les vaches le matin à cinq heures, à vider les écuries, panser les chevaux, traire les vaches le soir. En échange, blanchi, nourri, logé, un peu d'argent. Il couchait au-dessus de l'étable, une paillasse sans draps. Les bêtes rêvent, toute la nuit tapent le sol. Il pensait à la maison de ses parents, un lieu maintenant interdit. L'une de ses sœurs, bonne à tout faire, apparaissait parfois à la barrière, avec son baluchon, muette. Le grand-père jurait, elle ne savait pas dire pourquoi elle s'était encore une fois sauvée de sa place. Le soir même, il la reconduisait chez ses patrons, en lui faisant honte.

Mon père était gai de caractère, joueur, toujours prêt à raconter des histoires, faire des farces. Il n'y avait personne de son âge à la ferme. Le dimanche, il servait la messe avec son frère, vacher comme lui. Il fréquentait les « assemblées », dansait, retrouvait les copains d'école. *On était heureux quand même. Il fallait bien.*

Il est resté gars de ferme jusqu'au régiment. Les heures de travail ne se comptaient pas. Les fermiers rognaient sur la nourriture. Un jour, la tranche de viande servie dans l'assiette d'un vieux vacher a ondulé doucement, dessous elle était pleine de vers. Le supportable venait d'être dépassé. Le vieux s'est levé, réclamant qu'ils ne soient plus traités comme des chiens. La viande a été changée. Ce n'est pas le *Cuirassé Potemkine*.

Des vaches du matin à celles du soir, le crachin d'octobre, les rasières de pommes qu'on bascule au pressoir, la fiente des poulaillers ramassée à larges pelles, avoir chaud et soif. Mais aussi la galette des rois, l'almanach Vermot, les châtaignes grillées, Mardi gras t'en va pas nous ferons des crêpes, le cidre bouché et les grenouilles pétées avec une paille. Ce serait facile de faire quelque chose dans ce genre. L'éternel retour des saisons, les joies simples et le silence des champs. Mon père travaillait la terre des autres, il n'en a pas vu la beauté, la splendeur de la Terre-Mère et autres mythes lui ont échappé.

A la guerre 14, il n'est plus demeuré dans les fermes que les jeunes comme mon père et les vieux. On les ménageait. Il suivait l'avance des armées sur une carte accrochée dans la cuisine, découvrait les journaux polissons et allait au cinéma à Y... Tout le monde lisait à haute voix le texte sous l'image, beaucoup n'avaient pas le temps d'arriver au bout. Il disait les mots d'argot rapportés par son frère en permission. Les femmes du village surveillaient tous les mois la lessive de celles dont le mari était au front, pour vérifier s'il ne manquait rien, aucune pièce de linge.

La guerre a secoué le temps. Au village, on jouait au yoyo et on buvait du vin dans les cafés au lieu de cidre. Dans les bals, les filles aimaient de moins en moins les gars de ferme, qui portaient toujours une odeur sur eux.

Par le régiment mon père est entré dans le monde. Paris, le métro, une ville de Lorraine, un uniforme qui les faisait tous égaux, des compagnons venus de partout, la caserne plus grande qu'un château. Il eut le droit d'échanger là ses dents rongées par le cidre contre un appareil. Il se faisait prendre en photo souvent.

Au retour, il n'a plus voulu retourner dans la culture. Il a toujours appelé ainsi le travail de la terre, l'autre sens de culture, le spirituel, lui était inutile.

Naturellement, pas d'autre choix que l'usine. Au sortir de la guerre, Y... commençait à s'industrialiser. Mon père est entré dans une corderie qui embauchait garçons et filles dès l'âge de treize ans. C'était un travail propre, à l'abri des intempéries. Il y avait des toilettes et des vestiaires séparés pour chaque sexe, des horaires fixes. Après la sirène, le soir, il était libre et il ne sentait plus sur lui la laiterie. Sorti du premier cercle. A Rouen ou au Havre, on trouvait des emplois mieux payés, il lui aurait fallu quitter la famille, la mère crucifiée, affronter les malins de la ville. Il manquait de culot : huit ans de bêtes et de plaines.

Il était sérieux, c'est-à-dire, pour un ouvrier, ni feignant, ni buveur, ni noceur. Le cinéma et le charleston, mais pas le bistrot. Bien vu des chefs, ni syndicat ni politique. Il s'était acheté un vélo, il mettait chaque semaine de l'argent de côté.

Ma mère a dû apprécier tout cela quand

elle l'a rencontré à la corderie, après avoir travaillé dans une fabrique de margarine. Il était grand, brun, des yeux bleus, se tenait très droit, il se « croyait » un peu. « Mon mari n'a jamais fait ouvrier. »

Elle avait perdu son père. Ma grand-mère tissait à domicile, faisait des lessives et du repassage pour finir d'élever les derniers de ses six enfants. Ma mère achetait le dimanche, avec ses sœurs, un cornet de miettes de gâteaux chez le pâtissier. Ils n'ont pu se fréquenter tout de suite, ma grand-mère ne voulait pas qu'on lui prenne ses filles trop tôt, à chaque fois, c'était les trois quarts d'une paye qui s'en allaient.

Les sœurs de mon père, employées de maison dans des familles bourgeoises ont regardé ma mère de haut. Les filles d'usine étaient accusées de ne pas savoir faire leur lit, de courir. Au village, on lui a trouvé mauvais genre. Elle voulait copier la mode des journaux, s'était fait couper les cheveux parmi les premières, portait des robes courtes et se fardait les yeux, les ongles des mains. Elle riait fort. En réalité, jamais elle ne s'était laissé toucher dans les toilettes, tous les dimanches elle allait à la messe et elle avait ajouré elle-même ses draps, brodé son trousseau. C'était une ouvrière vive, répondeuse. Une de ses phrases favorites : « Je vaux bien ces gens-là. »

Sur la photo du mariage, on lui voit les genoux. Elle fixe durement l'objectif sous le voile qui lui enserre le front jusqu'au-dessus des yeux. Elle ressemble à Sarah Bernhardt. Mon père se tient debout à côté d'elle, une petite moustache et « le col à manger de la tarte ». Ils ne sourient ni l'un ni l'autre.

Elle a toujours eu honte de l'amour. Ils n'avaient pas de caresses ni de gestes tendres l'un pour l'autre. Devant moi, il l'embrassait d'un coup de tête brusque, comme par obligation, sur la joue. Il lui disait souvent des choses ordinaires mais en la regardant fixement, elle baissait les yeux et s'empêchait de rire. En grandissant, j'ai compris qu'il lui faisait des allusions sexuelles. Il fredonnait souvent *Parlez-moi d'amour*, elle chantait à bouleverser, aux repas de famille, *Voici mon corps pour vous aimer*.

Il avait appris la condition essentielle pour ne pas reproduire la misère des parents : ne pas *s'oublier* dans une femme.

Ils ont loué un logement à Y..., dans un pâté de maisons longeant une rue passante et donnant de l'autre côté sur une cour commune. Deux pièces en bas, deux à l'étage. Pour ma mère surtout, le rêve réalisé de la « chambre en haut ». Avec les économies de mon père, ils ont eu tout ce qu'il faut, une salle à manger, une chambre avec une armoire à glace. Une petite fille est née et ma mère est restée chez elle. Elle s'ennuyait. Mon père a trouvé une place mieux payée que la corderie, chez un couvreur.

C'est elle qui a eu l'idée, un jour où l'on a ramené mon père sans voix, tombé d'une charpente qu'il réparait, une forte commotion seulement. Prendre un commerce. Ils se sont remis à économiser, beaucoup de pain et de charcuterie. Parmi tous les commerces possibles, ils ne pouvaient en choisir qu'un

38

sans mise de fonds importante et sans savoir-faire particulier, juste l'achat et la revente des marchandises. Un commerce pas cher parce qu'on y gagne peu. Le dimanche, ils sont allés voir à vélo les petits bistrots de quartier, les épiceries-merceries de campagne. Ils se renseignaient pour savoir s'il n'y avait pas de concurrent à proximité, ils avaient peur d'être roulés, de tout perdre pour finalement *retomber ouvriers*.

L..., à trente kilomètres du Havre, les brouillards y stagnent l'hiver toute la journée, surtout dans la partie la plus encaissée de la ville, au long de la rivière, la Vallée. Un ghetto ouvrier construit autour d'une usine textile, l'une des plus grosses de la région jusqu'aux années cinquante, appartenant à la famille Desgenetais, rachetée ensuite par Boussac. Après l'école, les filles entraient au tissage, une crèche accueillait plus tard leurs enfants dès six heures du matin. Les trois quarts des hommes y travaillaient aussi. Au fond de la combe, l'unique café-épicerie de la Vallée. Le plafond était si bas qu'on le touchait à main levée. Des pièces sombres où il fallait de l'électricité en plein midi, une minuscule courette avec un cabinet qui se déversait directement dans la rivière. Ils n'étaient pas indifférents au décor, mais ils avaient *besoin de vivre*.

Ils ont acheté le fonds à crédit.

Au début, le pays de Cocagne. Des rayons de nourritures et de boissons, des boîtes de pâté, des paquets de gâteaux. Étonnés aussi de gagner de l'argent maintenant avec une telle simplicité, un effort physique si réduit, commander, ranger, peser, le petit compte, merci au plaisir. Les premiers jours, au coup de sonnette, ils bondissaient ensemble dans la boutique, multipliaient les questions rituelles « et avec ça? ». Ils s'amusaient, on les appelait patron, patronne.

Le doute est venu avec la première femme disant à voix basse, une fois ses commissions dans le sac, je suis un peu gênée en ce

40

moment, est-ce que je peux payer samedi. Suivie d'une autre, d'une autre encore. L'ardoise ou le retour à l'usine. L'ardoise leur a paru la solution la moins pire.

Pour faire face, surtout pas de désirs. Jamais d'apéritifs ou de bonnes boîtes sauf le dimanche. Obligés d'être en froid avec les frères et sœurs qu'ils avaient d'abord régalés pour montrer qu'ils avaient les moyens. Peur continuelle de *manger le fonds*.

Ces jours-là, en hiver souvent, j'arrivais essoufflée, affamée, de l'école. Rien n'était allumé chez nous. Ils étaient tous les deux dans la cuisine, lui, assis à la table, regardait par la fenêtre, ma mère debout près de la gazinière. Des épaisseurs de silence me tombaient dessus. Parfois, lui ou elle, « il va falloir vendre ». Ce n'était plus la peine de commencer mes devoirs. Le monde allait *ailleurs*, à la Coop, au Familistère, n'importe où. Le client qui poussait alors la porte innocemment paraissait une suprême dérision.

Accueilli comme un chien, il payait pour tous ceux qui ne venaient pas. Le monde nous abandonnait.

Le café-épicerie de la Vallée ne rapportait pas plus qu'une paye d'ouvrier. Mon père a dû s'embaucher sur un chantier de construction de la basse Seine. Il travaillait dans l'eau avec des grandes bottes. On n'était pas obligé de savoir nager. Ma mère tenait seule le commerce dans la journée.

Mi-commerçant, mi-ouvrier, des deux bords à la fois, voué donc à la solitude et à la méfiance. Il n'était pas syndiqué. Il avait peur des Croix-de-Feu qui défilaient dans L... et des rouges qui lui prendraient son fonds. Il gardait ses idées pour lui. *Il n'en faut pas dans le commerce.*

Ils ont fait leur trou peu à peu, liés à la misère et à peine au-dessus d'elle. Le crédit leur attachait les familles nombreuses ouvrières, les plus démunies. Vivant sur le besoin des autres, mais avec compréhension, refusant rarement de « marquer sur le compte ». Ils se sentaient toutefois le *droit de faire la leçon* aux imprévoyants ou de menacer l'enfant que sa mère envoyait exprès aux courses à sa place en fin de semaine, sans argent : « Dis à ta mère qu'elle tâche de me payer, sinon je ne la servirai plus. » Ils ne sont plus ici du bord le plus humilié.

Elle était patronne à part entière, en blouse blanche. Lui gardait son bleu pour servir. Elle ne disait pas comme d'autres femmes « mon mari va me disputer si j'achète ça, si je vais là ». Elle lui *faisait la guerre* pour qu'il retourne à la messe, où il avait cessé d'aller au régiment, pour qu'il perde ses *mauvaises manières* (c'est-à-dire de paysan ou d'ouvrier). Il lui laissait le soin des commandes et du chiffre d'affaires. C'était une femme qui pouvait aller partout, autrement dit, franchir les barrières sociales. Il l'admirait, mais il se moquait d'elle quand elle disait « j'ai fait un vent ».

Il est entré aux raffineries de pétrole Standard, dans l'estuaire de la Seine. Il faisait les quarts. Le jour, il n'arrivait pas à dormir à cause des clients. Il bouffissait, l'odeur de pétrole ne partait jamais, c'était en lui et elle le nourrissait. Il ne mangeait plus. Il gagnait beaucoup et il y avait de l'avenir. On promettait aux ouvriers une cité de toute beauté, avec salle de bains et cabinets à l'intérieur, un jardin.

Dans la Vallée, les brouillards d'automne persistaient toute la journée. Aux fortes pluies, la rivière inondait la maison. Pour venir à bout des rats d'eau, il a acheté une chienne à poil court qui leur brisait l'échine d'un coup de croc.

« Il y avait plus malheureux que nous. »

36, le souvenir d'un rêve, l'étonnement d'un pouvoir qu'il n'avait pas soupçonné, et la certitude résignée qu'ils ne pouvaient le conserver.

Le café-épicerie ne fermait jamais. Il passait à servir ses congés payés. La famille rappliquait toujours, gobergée. Heureux qu'ils étaient d'offrir au beau-frère chaudronnier ou employé de chemin de fer le spectacle de la profusion. Dans leur dos, ils étaient traités de riches, l'injure.

Il ne buvait pas. Il cherchait à *tenir sa place*. Paraître plus commerçant qu'ouvrier. Aux raffineries, il est passé contremaître.

J'écris lentement. En m'efforçant de révéler la trame significative d'une vie dans un ensemble de faits et de choix, j'ai l'impression de perdre au fur et à mesure la figure particulière de mon père. L'épure tend à prendre toute la place, l'idée à courir toute seule. Si au contraire je laisse glisser les images du souvenir, je le revois tel qu'il était, son rire, sa démarche, il me conduit par la main à la foire et les manèges me terrifient, tous les signes d'une condition partagée avec d'autres me deviennent indifférents. A chaque fois, je m'arrache du piège de l'individuel.

Naturellement, aucun bonheur d'écrire, dans cette entreprise où je me tiens au plus près des mots et des phrases entendues, les soulignant parfois par des italiques. Non pour indiquer un double sens au lecteur et lui offrir le plaisir d'une complicité, que je refuse sous toutes ses formes, nostalgie, pathétique ou dérision. Simplement parce que ces mots et ces phrases disent les limites et la couleur du monde où vécut mon père, où j'ai vécu aussi. Et l'on n'y prenait jamais un mot pour un autre.

La petite fille est rentrée de classe un jour avec mal à la gorge. La fièvre ne baissait pas, c'était la diphtérie. Comme les autres enfants de la Vallée, elle n'était pas vaccinée. Mon père était aux raffineries quand elle est morte. A son retour, on l'a entendu hurler depuis le haut de la rue. Hébétude pendant des semaines, des accès de mélancolie ensuite, il restait sans parler, à regarder par la fenêtre, de sa place à table. Il se *frappait* pour un rien. Ma mère racontait en s'essuyant les yeux avec un chiffon sorti de sa blouse, « elle est morte à sept ans, comme une petite sainte ».

Une photo prise dans la courette au bord de la rivière. Une chemise blanche aux manches retroussées, un pantalon sans doute en flanelle, les épaules tombantes, les bras légèrement arrondis. L'air mécontent, d'être surpris par l'objectif, peut-être, avant d'avoir pris la position. Il a quarante ans. Rien dans l'image pour rendre compte du malheur passé, ou de l'espérance. Juste les signes clairs du temps, un peu de ventre, les cheveux noirs qui se dégarnissent aux tempes, ceux, plus discrets, de la condition sociale, ces bras décollés du corps, les cabinets et la buanderie qu'un œil petit-bourgeois n'aurait pas choisis comme fond pour la photo.

En 1939 il n'a pas été appelé, trop vieux déjà. Les raffineries ont été incendiées par les Allemands et il est parti à bicyclette sur les routes tandis qu'elle profitait d'une place dans une voiture, elle était enceinte de six mois. A Pont-Audemer il a reçu des éclats d'obus au visage et il s'est fait soigner dans la seule pharmacie ouverte. Les bombardements continuaient. Il a retrouvé sa belle-mère et ses belles-sœurs avec leurs enfants et des paquets sur les marches de la basilique de Lisieux, noire de réfugiés ainsi que l'esplanade par-devant. Ils croyaient être protégés. Quand les Allemands les ont rejoints, il est rentré à L... L'épicerie avait été pillée de fond en comble par ceux qui n'avaient pu partir. A son tour ma mère est revenue et je suis née dans le mois qui a suivi. A l'école, quand on ne comprenait pas un problème, on nous appelait des enfants de guerre.

Jusqu'au milieu des années cinquante, dans les repas de communion, les réveillons de Noël, l'épopée de cette époque sera récitée à plusieurs voix, reprise indéfiniment avec toujours les thèmes de la peur, de la faim, du froid pendant l'hiver 1942. *Il fallait bien vivre malgré tout.* Chaque semaine, mon père rapportait d'un entrepôt, à trente kilomètres de L..., dans une carriole attachée derrière son vélo, les marchandises que les grossistes ne livraient plus. Sous les bombardements incessants de 1944, en cette partie de la Normandie, il a continué d'aller au ravitaillement, quémandant des suppléments pour les vieux, les familles nombreuses, tous ceux qui étaient au-dessous du marché noir. Il fut considéré dans la Vallée comme le héros du ravitaillement. Non pas choix, mais nécessité. Ultérieurement, certitude d'avoir joué un rôle, d'avoir vécu vraiment en ces années-là.

Le dimanche, ils fermaient le commerce, se promenaient dans les bois et pique-niquaient avec du flan sans œufs. Il me portait sur ses épaules en chantant et sifflant. Aux alertes, on se faufilait sous le billard du café avec la chienne. Sur tout cela ensuite, le sentiment que « c'était la destinée ». A la Libération, il m'a appris à chanter *La Mar-*

49

seillaise en ajoutant à la fin « tas de cochons »
pour rimer avec « sillon ». Comme les gens
autour, il était très gai. Quand on entendait
un avion, il m'emmenait par la main dans
la rue et me disait de regarder le ciel, l'oiseau : la guerre était finie.

Entraîné par l'espérance générale de 1945,
il a décidé de quitter la Vallée. J'étais souvent
malade, le médecin voulait m'envoyer en
aérium. Ils ont vendu le fonds pour retourner
à Y... dont le climat venteux, l'absence de
toute rivière ou ruisseau leur paraissaient bons
pour la santé. Le camion de déménagement,
à l'avant duquel nous étions installés, est
arrivé dans Y... au milieu de la foire d'octobre.
La ville avait été brûlée par les Allemands,
les baraques et les manèges s'élevaient entre
les décombres. Pendant trois mois, ils ont vécu
dans un deux-pièces meublé sans électricité,
au sol de terre battue, prêté par un membre
de la famille. Aucun commerce correspondant
à leurs moyens n'était à vendre. Il s'est fait
embaucher par la ville au remblaiement des
trous de bombe. Le soir, elle disait en se tenant

à la barre pour les torchons qui fait le tour des vieilles cuisinières : « Quelle position. » Il ne répondait jamais. L'après-midi, elle me promenait dans toute la ville. Le centre seul avait été détruit, les magasins s'étaient installés dans des maisons particulières. Mesure de la privation, une image : un jour, il fait déjà noir, à l'étalage d'une petite fenêtre, la seule éclairée dans la rue, brillent des bonbons roses, ovales, poudrés de blanc, dans des sachets de cellophane. On n'y avait pas droit, il fallait des tickets.

Ils ont trouvé un fonds de café-épicerie-bois-charbons dans un quartier décentré, à mi-chemin de la gare et de l'hospice. C'est là qu'autrefois ma mère petite fille allait aux commissions. Une maison paysanne, modifiée par l'ajout d'une construction en brique rouge à un bout, avec une grande cour, un jardin et une demi-douzaine de bâtiments servant d'entrepôts. Au rez-de-chaussée, l'alimentation communiquait avec le café par une pièce minuscule où débouchait l'escalier pour les chambres et le grenier. Bien qu'elle soit devenue la cuisine, les clients ont toujours utilisé cette pièce comme passage entre l'épicerie et le café. Sur les marches de l'escalier, au bord des chambres, étaient stockés les produits redoutant l'humidité, café, sucre. Au rez-de-chaussée, il n'y avait aucun endroit personnel. Les cabinets étaient dans la cour. On vivait enfin *au bon air*.

La vie d'ouvrier de mon père s'arrête ici.

Il y avait plusieurs cafés proches du sien, mais pas d'autre alimentation dans un large rayon. Longtemps le centre est resté en ruine, les belles épiceries d'avant-guerre campaient dans des baraquements jaunes. Personne pour leur *faire du tort*. (Cette expression, comme beaucoup d'autres, est inséparable de mon enfance, c'est par un effort de réflexion que j'arrive à la dépouiller de la menace qu'elle contenait alors.) La population du quartier, moins uniformément ouvrière qu'à L..., se composait d'artisans, d'employés du gaz, ou d'usines moyennes, de retraités du type « économiquement faibles ». Davantage de distances entre les gens. Des pavillons en meulière isolés par des grilles côtoyant des pâtés de cinq ou six habitations sans étage avec cour commune. Partout des jardinets de légumes.

Un café d'habitués, buveurs réguliers d'avant ou d'après le travail, dont la place est sacrée, équipes de chantiers, quelques clients qui auraient pu, avec leur *situation*, choisir un établissement moins populaire, un officier de marine en retraite, un contrôleur de la sécurité sociale, des gens *pas fiers* donc. Clientèle du dimanche, différente, familles entières pour l'apéro, grenadine aux enfants, vers onze heures. L'après-midi, les vieux de l'hospice libérés jusqu'à six heures, gais et bruyants, poussant la romance. Parfois, il fallait leur faire cuver rincettes et surincettes dans un bâtiment de la cour, sur une couverture, avant de les renvoyer présentables aux bonnes sœurs. Le café du dimanche leur

[marginalia: donne nourriture / nourriture / à des gens — il / a des gens — il / à un fonction/ / à un fonction/ / rôle sociale, / rôle sociale / une place / sociale]

servait de famille. Conscience de mon père
d'avoir une fonction sociale nécessaire, d'offrir un lieu de fête et de liberté à tous ceux
dont il disait « ils n'ont pas toujours été
comme ça » sans pouvoir expliquer claire-
ment pourquoi ils étaient devenus comme ça.
Mais évidemment un « assommoir » pour ceux
qui n'y auraient jamais mis les pieds. A la
sortie de la fabrique voisine de sous-vête-
ments, les filles venaient arroser les anni-
versaires, les mariages, les départs. Elles pre-
naient dans l'épicerie des paquets de boudoirs,
qu'elles trempaient dans le mousseux, et elles
éclataient en bouquets de rires, pliées en deux
au-dessus de la table.

Voie étroite, en écrivant, entre la réha-
bilitation d'un mode de vie considéré comme
inférieur, et la dénonciation de l'aliénation
qui l'accompagne. Parce que ces façons de
vivre étaient à nous, un bonheur même, mais
aussi les barrières humiliantes de notre
condition (conscience que « ce n'est pas assez

[marginalia: — toujours honte]

bien chez nous »), je voudrais dire à la fois le bonheur et l'aliénation. Impression, bien plutôt, de tanguer d'un bord à l'autre de cette contradiction.

essaie par son écriture de montrer une classe sociale a travers son père

Alentour de la cinquantaine, encore la force de l'âge, la tête très droite, l'air soucieux, comme s'il craignait que la photo ne soit ratée, il porte un ensemble, pantalon foncé, veste claire sur une chemise et une cravate. Photo prise un dimanche, en semaine, il était en bleus. De toute façon, on prenait les photos le dimanche, plus de temps, et l'on était mieux habillé. Je figure à côté de lui, en robe à volants, les deux bras tendus sur le guidon de mon premier vélo, un pied à terre. Il a une main ballante, l'autre à sa ceinture. En fond, la porte ouverte du café, les fleurs sur le bord de la fenêtre, au-dessus de celle-ci la plaque de licence des débits de boisson. On se fait photographier avec ce qu'on est fier de posséder, le commerce, le vélo, plus tard la 4 CV, sur le toit de laquelle il appuie une main, faisant par ce geste remonter exagérément son veston. Il ne rit sur aucune photo.

Par rapport aux années de jeunesse, les trois-huit des raffineries, les rats de la Vallée, l'évidence du bonheur.

années difficiles - mais des bonnes,

On avait tout *ce qu'il faut*, c'est-à-dire *années* qu'on mangeait à notre faim (preuve, l'achat de viande à la boucherie quatre fois par semaine), on avait chaud dans la cuisine et le café, seules pièces où l'on vivait. Deux tenues, l'une pour le tous-les-jours, l'autre pour le dimanche (la première usée, on *dépassait* celle du dimanche au tous-les-jours). J'avais *deux* blouses d'école. *La gosse n'est privée de rien.* Au pensionnat, on ne pouvait pas dire que j'avais *moins bien que les autres*, j'avais *autant* que les filles de cultivateurs ou de pharmacien en poupées, gommes et taille-crayons, chaussures d'hiver fourrées, chapelet et missel vespéral romain.

il y a des gens 56 *qui ont besoin de lui (père)*

Ils ont pu embellir la maison, supprimant ce qui rappelait l'ancien temps, les poutres apparentes, la cheminée, les tables en bois et les chaises de paille. Avec son papier à fleurs, son comptoir peint et brillant, les tables et guéridons en simili-marbre, le café est devenu propre et gai. Du balatum à grands damiers jaunes et bruns a recouvert le parquet des chambres. La seule contrariété longtemps, la façade en colombage, à raies blanches et noires, dont le ravalement en crépi était au-dessus de leurs moyens. En passant, l'une de mes institutrices a dit une fois que la maison était jolie, une vraie maison normande. Mon père a cru qu'elle parlait ainsi par politesse. Ceux qui admiraient nos vieilles choses, la pompe à eau dans la cour, le colombage normand, voulaient sûrement nous empêcher de posséder ce qu'ils possédaient déjà, eux, de moderne, l'eau sur l'évier et un pavillon blanc.

Il a emprunté pour devenir propriétaire des murs et du terrain. Personne dans la famille ne l'avait jamais été.

Sous le bonheur, la crispation de l'aisance gagnée à l'arraché. *Je n'ai pas quatre bras. Même pas une minute pour aller au petit endroit. La grippe, moi, je la fais en marchant.* Etc. Chant quotidien.

Comment décrire la vision d'un monde où tout *coûte cher.* Il y a l'odeur de linge frais d'un matin d'octobre, la dernière chanson du poste qui bruit dans la tête. Soudain, ma robe s'accroche par la poche à la poignée du vélo, se déchire. Le drame, les cris, la journée est finie. « Cette gosse ne *compte* rien ! »

Sacralisation obligée des choses. Et sous toutes les paroles, des uns et des autres, les miennes, soupçonner des envies et des comparaisons. Quand je disais, « il y a une fille qui a visité les châteaux de la Loire », aussitôt, fâchés, « Tu as bien le temps d'y aller. Sois heureuse avec ce que tu as ». Un manque continuel, sans fond.

Mais désirer pour désirer, car ne pas savoir

au fond ce qui est beau, ce qu'il faudrait aimer. Mon père s'en est toujours remis aux conseils du peintre, du menuisier, pour les couleurs et les formes, *ce qui se fait*. Ignorer jusqu'à l'idée qu'on puisse s'entourer d'objets choisis un par un. Dans leur chambre, aucune décoration, juste des photos encadrées, des napperons fabriqués pour la fête des mères, et sur la cheminée, un grand buste d'enfant en céramique, que le marchand de meubles avait joint en prime pour l'achat d'un cosy-corner.

Leitmotiv, *il ne faut pas péter plus haut qu'on l'a.*

La peur d'être *déplacé*, d'avoir honte. Un jour, il est monté par erreur en première avec un billet de seconde. Le contrôleur lui a fait payer le supplément. Autre souvenir de honte : chez le notaire, il a dû écrire le premier « lu et approuvé », il ne savait pas comment orthographier, il a choisi « à prouver ». Gêne, obsession de cette faute, sur la route du retour. L'ombre de l'indignité.

Dans les films comiques de cette époque,

on voyait beaucoup de héros naïfs et paysans se comporter de travers à la ville ou dans les milieux mondains (rôles de Bourvil). On riait aux larmes des bêtises qu'ils disaient, des impairs qu'ils osaient commettre, et qui figuraient ceux qu'on craignait de commettre soi-même. Une fois, j'ai lu que Bécassine en apprentissage, ayant à broder un oiseau sur un bavoir, et sur les autres *idem*, broda *idem* au point de bourdon. Je n'étais pas sûre que je n'aurais pas brodé *idem*.

Devant les personnes qu'il jugeait importantes, il avait une raideur timide, ne posant jamais aucune question. Bref, se comportant avec intelligence. Celle-ci consistait à percevoir notre infériorité et à la refuser en la cachant du mieux possible. Toute une soirée à nous demander ce que la directrice avait bien pu vouloir dire par : « Pour ce rôle, votre petite fille sera en *costume de ville*. » Honte d'ignorer ce qu'on aurait forcément su si nous n'avions pas été ce que nous étions, c'est-à-dire inférieurs.

Obsession : « *Qu'est-ce qu'on va penser de nous ?* » (les voisins, les clients, tout le monde).

Règle : déjouer constamment le regard critique des autres, par la politesse, l'absence d'opinion, une attention minutieuse aux humeurs qui risquent de vous atteindre. Il ne regardait pas les légumes d'un jardin que le propriétaire était en train de bêcher, à moins d'y être convié par un signe, sourire ou petit mot. Jamais de visite, même à un malade en clinique, sans être invité. Aucune question où se dévoileraient une curiosité, une envie qui donnent barre à l'interlocuteur sur nous. Phrase interdite : « Combien vous avez payé ça ? »

Je dis souvent « nous » maintenant, parce que j'ai longtemps pensé de cette façon et je ne sais pas quand j'ai cessé de le faire.

Le patois avait été l'unique langue de mes grands-parents.

Il se trouve des gens pour apprécier le « pittoresque du patois » et du français populaire. Ainsi Proust relevait avec ravissement les incorrections et les mots anciens de Françoise. Seule l'esthétique lui importe parce que Françoise est sa bonne et non sa mère. Que lui-même n'a jamais senti ces tournures lui venir aux lèvres spontanément.

Pour mon père, le patois était quelque chose de vieux et de laid, un signe d'infériorité. Il était fier d'avoir pu s'en débarrasser en partie, même si son français n'était pas bon, c'était du français. Aux kermesses d'Y..., des forts en bagout, costumés à la normande, faisaient des sketches en patois, le public riait. Le journal local avait une chronique normande pour amuser les lecteurs. Quand le médecin ou n'importe qui de *haut placé* glissait une expression cauchoise dans la conversation comme « elle pète par la sente » au lieu de « elle va bien », mon père répétait la phrase du docteur à ma mère avec satisfaction, heureux de croire que ces gens-là, pourtant si chics, avaient encore quelque chose de commun avec nous, une petite infériorité. Il était persuadé que cela leur avait échappé. Car il lui a toujours paru impossible que l'on puisse parler « bien » naturellement. Toubib ou curé, il fallait se forcer, s'écouter, quitte chez soi à se laisser aller.

Bavard au café, en famille, devant les gens qui parlaient bien il se taisait, ou il s'arrêtait au milieu d'une phrase, disant « n'est-ce pas » ou simplement « pas » avec un geste de la main pour inviter la personne à comprendre et à poursuivre à sa place. Toujours parler avec précaution, peur indicible du mot de travers, d'aussi mauvais effet que de lâcher un pet.

Mais il détestait aussi les grandes phrases et les expressions nouvelles qui ne « voulaient rien dire ». Tout le monde à un moment disait : « Sûrement pas » à tout bout de champ, il ne comprenait pas qu'on dise deux mots se contredisant. A l'inverse de ma mère, soucieuse de faire évoluée, qui osait expérimenter, avec un rien d'incertitude, ce qu'elle venait d'entendre ou de lire, il se refusait à employer un vocabulaire qui n'était pas le sien.

Enfant, quand je m'efforçais de m'exprimer. dans un langage châtié, j'avais l'impression de me jeter dans le vide.

Une de mes frayeurs imaginaires, avoir un père instituteur qui m'aurait obligée à bien parler sans arrêt, en détachant les mots. On parlait avec toute la bouche.

Puisque la maîtresse me « reprenait », plus tard j'ai voulu reprendre mon père, lui annoncer que « se parterrer » ou « quart moins d'onze heures » n'*existaient pas*. Il est entré dans une violente colère. Une autre fois : « Comment voulez-vous que je ne me fasse pas reprendre, si vous parlez mal tout le temps ! » Je pleurais. Il était malheureux. Tout ce qui touche au langage est dans mon souvenir motif de rancœur et de chicanes douloureuses, bien plus que l'argent.

Il était gai.

Il blaguait avec les clientes qui aimaient à rire. Grivoiseries à mots couverts. Scatologie. L'ironie, inconnue. Au poste, il prenait les émissions de chansonniers, les jeux. Toujours prêt à m'emmener au cirque, aux films *bêtes*, au feu d'artifice. A la foire, on montait dans le train fantôme, l'Himalaya, on entrait voir la femme la plus grosse du monde et le Lilliputien.

Il n'a jamais mis les pieds dans un musée. Il s'arrêtait devant un beau jardin, des arbres en fleur, une ruche, regardait les filles bien en chair. Il admirait les constructions immenses, les grands travaux modernes (le pont de Tancarville). Il aimait la musique de cirque, les promenades en voiture dans la campagne, c'est-à-dire qu'en parcourant des yeux les champs, les hêtrées, en écoutant l'orchestre de Bouglione, il paraissait heureux. L'émotion qu'on éprouve en entendant un air, devant des paysages, n'était pas un sujet de conversation. Quand j'ai commencé à fréquenter la petite-bourgeoisie d'Y..., on me demandait d'abord mes goûts, le jazz ou la musique classique, Tati ou René Clair, cela suffisait à me faire comprendre que j'étais passée dans un autre monde.

Un été, il m'a emmenée trois jours dans la famille, au bord de la mer. Il marchait pieds nus dans des sandales, s'arrêtait à l'entrée des blockhaus, buvait des demis à la terrasse des cafés et moi des sodas. Pour ma tante, il a tué un poulet qu'il tenait entre ses jambes, en lui enfonçant des ciseaux dans le bec, le sang gras dégouttait sur la terre du cellier. Ils restaient tous à table jusqu'au milieu de l'après-midi, à évoquer la guerre, les parents, à se passer des photos autour des tasses vides. « *On prendra bien le temps de mourir, marchez!* »

Peut-être une tendance profonde à ne pas s'en faire, malgré tout. Il s'inventa des occupations qui l'éloignaient du commerce. Un élevage de poules et de lapins, la construction de dépendances, d'un garage. La disposition de la cour s'est modifiée souvent au gré de ses désirs, les cabinets et le poulailler ont déménagé trois fois. Toujours l'envie de démolir et de reconstruire.

Ma mère : « C'est un homme de la campagne, que voulez-vous. »

Il reconnaissait les oiseaux à leur chant et regardait le ciel chaque soir pour savoir le temps qu'il ferait, froid et sec s'il était rouge, pluie et vent quand la lune était dans l'eau, c'est-à-dire immergée dans les nuages. Tous les après-midi il filait à son jardin, toujours net. Avoir un jardin sale, aux légumes mal soignés indiquait un laisser-aller de mauvais aloi, comme se négliger sur sa personne ou trop boire. C'était perdre la notion du temps, celui où les espèces doivent se mettre en terre, le souci de ce que penseraient les autres. Parfois des ivrognes notoires se rachetaient par un beau jardin cultivé entre deux cuites.

Quand mon père n'avait pas réussi des poireaux ou n'importe quoi d'autre, il y avait du désespoir en lui. A la tombée du jour, il vidait le seau de nuit dans la dernière rangée ouverte par la bêche, furieux s'il découvrait, en le déversant, des vieux bas et des stylos bille que j'y avais jetés, par paresse de descendre à la poubelle.

Pour manger, il ne se servait que de son Opinel. Il coupait le pain en petits cubes, déposés près de son assiette pour y piquer des bouts de fromage, de charcuterie, et saucer. Me voir laisser de la nourriture dans l'assiette lui faisait deuil. On aurait pu ranger la sienne sans la laver. Le repas fini, il essuyait son couteau contre son bleu. S'il avait mangé du hareng, il l'enfouissait dans la terre pour lui enlever l'odeur. Jusqu'à la fin des années cinquante, il a mangé de la soupe le matin, après il s'est mis au café au lait, avec réticence, comme s'il sacrifiait à une délicatesse féminine. Il le buvait cuillère par cuillère, en aspirant, comme de la soupe. A cinq heures, il se faisait sa collation, des œufs, des radis, des pommes cuites et se contentait le soir d'un potage. La mayonnaise, les sauces compliquées, les gâteaux, le dégoûtaient.

Il dormait toujours avec sa chemise et son tricot de corps. Pour se raser, trois fois par semaine, dans l'évier de la cuisine surmonté d'une glace, il déboutonnait son col, je voyais sa peau très blanche à partir du cou. Les salles de bains, signe de richesse, commençaient à se répandre après la guerre, ma mère a fait installer un cabinet de toilette à l'étage, il ne s'en est jamais servi, continuant de se débarbouiller dans la cuisine.

Dans la cour, l'hiver, il crachait et il éternuait avec plaisir.

Ce portrait, j'aurais pu le faire autrefois, en rédaction, à l'école, si la description de ce que je connaissais n'avait pas été interdite. Un jour, une fille, en classe de CM2, a fait s'envoler son cahier par un splendide atchoum. La maîtresse au tableau s'est retournée : « Distingué, vraiment! »

Personne à Y..., dans les classes moyennes, commerçants du centre, employés de bureau, ne veut avoir l'air de « sortir de sa campagne ». Faire paysan signifie qu'on n'est pas évolué, toujours en retard sur ce qui se fait, en vêtements, langage, allure. Anecdote qui plaisait beaucoup : un paysan, en visite chez son fils à la ville, s'assoit devant la machine à laver qui tourne, et reste là, pensif, à fixer le linge brassé derrière le hublot. A la fin, il se lève, hoche la tête et dit à sa belle-fille : « On dira ce qu'on voudra, la télévision c'est pas au point. »

Mais à Y..., on regardait moins les manières des gros cultivateurs qui débarquaient au marché dans des Vedette, puis des DS, maintenant des CX. Le pire, c'était d'avoir les gestes et l'allure d'un paysan sans l'être.

Lui et ma mère s'adressaient continuellement la parole sur un ton de reproche, jusque dans le souci qu'ils avaient l'un de l'autre. « Mets ton cache-nez pour dehors! » ou « Reste donc assise un peu! », on aurait dit des injures. Ils chicanaient sans cesse pour savoir qui avait perdu la facture du limonadier, oublié d'éteindre dans la cave. Elle criait plus haut que lui parce que tout lui *tapait sur le système*, la livraison en retard, le casque trop chaud du coiffeur, les règles et les clients. Parfois : « Tu n'étais pas fait pour être commerçant » (comprendre : tu aurais dû rester ouvrier). Sous l'insulte, sortant de son calme habituel : « CARNE! J'aurais mieux fait de te laisser où tu étais. » Échange hebdomadaire : Zéro! – Cinglée!

Triste individu! – Vieille garce!

Etc. Sans aucune importance.

On ne savait pas se parler entre nous autrement que d'une manière râleuse. Le ton poli réservé aux étrangers. Habitude si forte que, tâchant de s'exprimer comme il faut en compagnie de gens, mon père retrouvait pour

71

m'interdire de grimper au tas de cailloux un ton brusque, son accent et des invectives normandes, détruisant le bon effet qu'il voulait donner. Il n'avait pas appris à me gronder en distingué et je n'aurais pas cru à la menace d'une gifle proférée sous une forme correcte.

La politesse entre parents et enfants m'est demeurée longtemps un mystère. J'ai mis aussi des années à « comprendre » l'extrême gentillesse que des personnes bien éduquées manifestent dans leur simple bonjour. J'avais honte, je ne méritais pas tant d'égards, j'allais jusqu'à imaginer une sympathie particulière à mon endroit. Puis je me suis aperçue que ces questions posées avec l'air d'un intérêt pressant, ces sourires, n'avaient pas plus de sens que de manger bouche fermée ou de se moucher discrètement.

Le déchiffrement de ces détails s'impose à moi maintenant, avec d'autant plus de nécessité que je les ai refoulés, sûre de leur insignifiance. Seule une mémoire humiliée avait pu me les faire conserver. Je me suis pliée au désir du monde où je vis, qui s'efforce de vous faire oublier les souvenirs du monde d'en bas comme si c'était quelque chose de mauvais goût.

Quand je faisais mes devoirs sur la table de la cuisine, le soir, il feuilletait mes livres, surtout l'histoire, la géographie, les sciences. Il aimait que je lui pose des colles. Un jour, il a exigé que je lui fasse faire une dictée, pour me prouver qu'il avait une bonne orthographe. Il ne savait jamais dans quelle classe j'étais, il disait, « Elle est chez mademoiselle Untel ». L'école, une institution religieuse voulue par ma mère, était pour lui un univers terrible qui, comme l'île de Laputa dans *Les Voyages de Gulliver*, flottait au-dessus de moi pour diriger mes manières, tous mes gestes : « C'est du beau! Si la maîtresse te voyait! » ou encore : « J'irai voir ta maîtresse, elle te fera obéir! »

Il disait toujours *ton* école et il prononçait le pen-sion-nat, la chère Sœu-œur (nom de la directrice), en détachant, du bout des lèvres, dans une déférence affectée, comme si la prononciation normale de ces mots supposait, avec le lieu fermé qu'ils évoquent, une familiarité qu'il ne se sentait pas en droit de revendiquer. Il refusait d'aller aux fêtes de l'école, même quand je jouais un rôle. Ma mère s'indignait, « *il n'y a pas de raison pour que tu n'y ailles pas* ». Lui, « mais tu sais bien que je vais jamais à *tout ça* ».

Souvent, sérieux, presque tragique : « Écoute bien à ton école ! » Peur que cette faveur étrange du destin, mes bonnes notes, ne cesse d'un seul coup. Chaque composition réussie, plus tard chaque examen, autant de *pris*, l'espérance que je serais *mieux que lui*.

A quel moment ce rêve a-t-il remplacé son propre rêve, avoué une fois, tenir un beau café au cœur de la ville, avec une terrasse, des clients de passage, une machine à café sur le comptoir. Manque de fonds, crainte de se lancer encore, résignation. *Que voulez-vous.*

Il ne sortira plus du monde coupé en deux du petit commerçant. D'un côté les bons, ceux qui se servent chez lui, de l'autre, les méchants, les plus nombreux, qui vont ailleurs, dans les magasins du centre reconstruits. A ceux-là joindre le gouvernement soupçonné de vouloir notre mort en favorisant les *gros.* Même dans les bons clients, une ligne de partage, les bons, qui prennent toutes leurs commissions à la boutique, les mauvais, venant nous faire injure en achetant le litre d'huile qu'ils ont oublié de rapporter d'en ville. Et des bons, encore se méfier, toujours prêts aux infidélités, persuadés qu'on les vole. Le monde entier ligué. Haine et servilité, haine de sa servilité. Au fond de lui, l'espérance de tout commerçant, être seul dans une ville à vendre sa marchandise. On allait chercher le pain à un kilomètre de la maison parce que le boulanger d'à côté ne nous achetait rien.

Il a voté Poujade, comme un bon tour à

jouer, sans conviction, et trop « grande gueule » pour lui.

Mais il n'était pas *malheureux*. La salle de café toujours tiède, la radio en fond, le défilé des habitués de sept heures du matin à neuf heures du soir, avec les mots d'entrée rituels, comme les réponses. « Bonjour tout le monde – Bonjour tout seul. » Conversations, la pluie, les maladies, les morts, l'embauche, la sécheresse. Constatation des choses, chant alterné de l'évidence, avec, pour égayer, les plaisanteries rodées, *c'est le tort chez moi, à demain chef, à deux pieds.* Cendrier vidé, coup de lavette à la table, de torchon à la chaise.

Entre deux, prendre la place de ma mère à l'épicerie, sans plaisir, préférant la vie du café, ou peut-être ne préférant rien, que le jardinage et la construction de bâtiments à sa guise. Le parfum des troènes en fleur à la fin du printemps, les aboiements clairs des chiens en novembre, les trains qu'on entend, signe de froid, oui, sans doute, tout ce qui fait dire au monde qui dirige, domine, écrit dans les journaux, « ces gens-là sont *tout de même* heureux ».

Le dimanche, lavage du corps, un bout de messe, parties de dominos ou promenade en voiture l'après-midi. Lundi, sortir la poubelle, mercredi le voyageur des spiritueux, jeudi, de l'alimentation, etc. L'été, ils fermaient le commerce un jour entier pour aller chez des amis, un employé du chemin de fer, et un autre jour ils se rendaient en pèlerinage à Lisieux. Le matin, visite du Carmel, du diorama, de la basilique, restaurant. L'après-midi, les Buissonnets et Trouville-Deauville. Il se trempait les pieds, jambes de pantalon relevées, avec ma mère qui remontait un peu ses jupes. Ils ont cessé de le faire parce que ce n'était plus à la mode.

Chaque dimanche, manger quelque chose de bon.

La même vie désormais, pour lui. Mais la certitude qu'*on ne peut pas être plus heureux qu'on est.*

Ce dimanche-là, il avait fait la sieste. Il passe devant la lucarne du grenier. Tient à la main un livre qu'il va remettre dans une caisse laissée en dépôt chez nous par l'officier de marine. Un petit rire en m'apercevant dans la cour. C'est un livre obscène.

Une photo de moi, prise seule, au-dehors, avec à ma droite la rangée de remises, les anciennes accolées aux neuves. Sans doute n'ai-je pas encore de notions esthétiques. Je sais toutefois paraître à mon avantage : tournée de trois quarts pour estomper les hanches moulées dans une jupe étroite, faire ressortir la poitrine, une mèche de cheveux balayant le front. Je souris pour me faire l'air doux. J'ai seize ans. Dans le bas, l'ombre portée du buste de mon père qui a pris la photo.

Je travaillais mes cours, j'écoutais des disques, je lisais, toujours dans ma chambre. Je n'en descendais que pour me mettre à table. On mangeait sans parler. Je ne riais jamais à la maison. Je faisais de « l'ironie ». C'est le temps où tout ce qui me touche de près m'est étranger. J'émigre doucement vers le monde petit-bourgeois, admise dans ces surboums dont la seule condition d'accès, mais si difficile, consiste à ne pas être *cucul*. Tout ce que j'aimais me semble *péquenot*, Luis Mariano, les romans de Marie-Anne Desmarets, Daniel Gray, le rouge à lèvres et la poupée gagnée à la foire qui étale sa robe de paillettes sur mon lit. Même les idées de mon milieu me paraissent ridicules, des *préjugés*, par exemple, « la police, il en faut » ou « on n'est pas un homme tant qu'on n'a pas fait son service ». L'univers pour moi s'est retourné.

Je lisais la « vraie » littérature, et je recopiais des phrases, des vers, qui, je croyais, exprimaient mon « âme », l'indicible de ma vie, comme « Le bonheur est un dieu qui marche les mains vides »... (Henri de Régnier).

Mon père est entré dans la catégorie des *gens simples* ou *modestes* ou *braves gens*. Il n'osait plus me raconter des histoires de son enfance. Je ne lui parlais plus de mes études. Sauf le latin, parce qu'il avait servi la messe, elles lui étaient incompréhensibles et il refusait de faire mine de s'y intéresser, à la différence de ma mère. Il se fâchait quand je me plaignais du travail ou critiquais les cours. Le mot « prof » lui déplaisait, ou « dirlo », même « bouquin ». Et toujours la peur OU PEUT-ÊTRE LE DÉSIR que je n'y arrive pas.

Il s'énervait de me voir à longueur de journée dans les livres, mettant sur leur compte mon visage fermé et ma mauvaise humeur. La lumière sous la porte de ma chambre le soir lui faisait dire que je m'usais la santé. Les études, une souffrance obligée pour obtenir une bonne situation et *ne pas prendre un ouvrier*. Mais que j'aime me casser la tête lui paraissait suspect. Une absence de vie à la fleur de l'âge. Il avait parfois l'air de penser que j'étais malheureuse.

Devant la famille, les clients, de la gêne, presque de la honte que je ne gagne pas encore ma vie à dix-sept ans, autour de nous toutes les filles de cet âge allaient au bureau, à l'usine ou servaient derrière le comptoir de leurs parents. Il craignait qu'on ne me prenne pour une paresseuse et lui pour un crâneur. Comme une excuse : « On ne l'a jamais poussée, elle avait ça dans elle. » Il disait que j'apprenais bien, jamais que je travaillais bien. Travailler, c'était seulement travailler de ses mains.

Les études n'avaient pas pour lui de rapport avec la vie ordinaire. Il lavait la salade dans une seule eau, aussi restait-il souvent des limaces. Il a été scandalisé quand, forte des principes de désinfection reçus en troisième, j'ai proposé qu'on la lave dans plusieurs eaux. Une autre fois, sa stupéfaction a été sans bornes, de me voir parler anglais avec un auto-stoppeur qu'un client avait pris dans son camion. Que j'aie appris une langue étrangère en classe, sans aller dans le pays, le laissait incrédule.

A cette époque, il a commencé d'entrer dans des colères, rares, mais soulignées d'un rictus de haine. Une complicité me liait à ma mère. Histoires de mal au ventre mensuel, de soutien-gorge à choisir, de produits de beauté. Elle m'emmenait faire des achats à Rouen, rue du Gros-Horloge, et manger des gâteaux chez Périer, avec une petite fourchette. Elle cherchait à employer mes mots, flirt, être un crack, etc. On n'avait pas besoin de lui.

La dispute éclatait à table pour un rien. Je croyais toujours avoir raison parce qu'il ne savait pas *discuter*. Je lui faisais des remarques sur sa façon de manger ou de parler. J'aurais eu honte de lui reprocher de ne pas pouvoir m'envoyer en vacances, j'étais sûre qu'il était légitime de vouloir le faire changer de manières. Il aurait peut-être préféré avoir une autre fille.

Un jour : « Les livres, la musique, c'est bon pour toi. Moi je n'en ai pas besoin pour *vivre*. »

Le reste du temps, il vivait patiemment. Quand je revenais de classe, il était assis dans la cuisine, tout près de la porte donnant sur le café, à lire *Paris-Normandie*, le dos voûté, les bras allongés de chaque côté du journal étalé sur la table. Il levait la tête : « Tiens voilà la fille.

– Ce que j'ai faim !

– C'est une bonne maladie. Prends ce que tu veux. »

Heureux de me nourrir, au moins. On se disait les mêmes choses qu'autrefois, quand j'étais petite, rien d'autre.

Je pensais qu'il ne pouvait plus rien pour moi. Ses mots et ses idées n'avaient pas cours dans les salles de français ou de philo, les séjours à canapé de velours rouge des amies de classe. L'été, par la fenêtre ouverte de ma chambre, j'entendais le bruit de sa bêche aplatissant régulièrement la terre retournée.

J'écris peut-être parce qu'on n'avait plus rien à se dire.

A la place des ruines de notre arrivée, le centre de Y... offrait maintenant des petits immeubles crème, avec des commerces modernes qui restaient illuminés la nuit. Le samedi et le dimanche, tous les jeunes des environs tournaient dans les rues ou regardaient la télé dans les cafés. Les femmes du quartier remplissaient leur panier pour le dimanche dans les grandes alimentations du centre. Mon père avait enfin sa façade en crépi blanc, ses rampes de néon, déjà les cafetiers qui avaient du flair revenaient au colombage normand, aux fausses poutres et aux vieilles lampes. Soirs repliés à compter la recette. « On leur donnerait la marchandise qu'ils ne viendraient pas chez vous. » Chaque fois qu'un magasin nouveau s'ouvrait dans Y..., il allait faire un tour du côté, à vélo.

Ils sont arrivés à se maintenir. Le quartier s'est prolétarisé. A la place des cadres moyens partis habiter les immeubles neufs avec salle de bains, des gens à petit budget, jeunes ménages ouvriers, familles nombreuses en attente d'une H.L.M. « Vous paierez demain, on est gens de revue. » Les petits vieux étaient morts, les suivants n'avaient plus la permission de rentrer saouls, mais une clientèle moins gaie, plus rapide et payante de buveurs occasionnels leur avait succédé. L'impression de tenir maintenant un débit de boissons convenable.

Il est venu me chercher à la fin d'une colonie de vacances où j'avais été monitrice. Ma mère a crié hou-hou de loin et je les ai aperçus. Mon père marchait voûté, baissant la tête à cause du soleil. Ses oreilles se détachaient, un peu rouges sans doute parce qu'il venait de se faire couper les cheveux. Sur le trottoir, devant la cathédrale, ils parlaient très fort en se chamaillant sur la direction à prendre pour le retour. Ils ressemblaient à tous ceux qui n'ont pas l'habitude de sortir. Dans la voiture, j'ai remarqué qu'il avait des taches jaunes près des yeux, sur les tempes. J'avais pour la première fois vécu loin de la maison, pendant deux mois, dans un monde jeune et libre. Mon père était vieux, crispé. Je ne me sentais plus le droit d'entrer à l'Université.

Quelque chose d'indistinct, une gêne après les repas. Il prenait de la magnésie, redoutant d'appeler le médecin. A la radio, enfin, le spécialiste de Rouen lui a découvert un polype à l'estomac, qu'il fallait enlever rapidement. Ma mère lui reprochait sans cesse de se faire du souci pour rien. Culpabilité, en plus, de coûter cher. (Les commerçants ne profitaient pas encore de la sécurité sociale.) Il disait, « c'est une tuile ».

Après l'opération, il est resté le moins longtemps possible à la clinique et il s'est remis lentement à la maison. Ses forces étaient perdues. Sous peine d'une déchirure, il ne pouvait plus soulever de casiers, travailler au jardin plusieurs heures d'affilée. Désormais, spectacle de ma mère courant de la cave au magasin, soulevant les caisses de livraison et les sacs de patates, travaillant double. Il a perdu sa fierté à cinquante-neuf ans. « Je ne suis plus bon à rien. » Il s'adressait à ma mère. Plusieurs sens peut-être.

Mais désir de reprendre le dessus, de s'habituer encore. Il s'est mis à chercher ses aises. Il s'écoutait. La nourriture est devenue une chose terrible, bénéfique ou maléfique suivant qu'elle passait bien ou lui *revenait en reproche*. Il reniflait le bifteck ou le merlan avant de les jeter dans la poêle. La vue de mes yaourts lui répugnait. Au café, dans les repas de famille, il racontait ses menus, discutait avec d'autres des soupes maison et des potages en sachet, etc. Aux alentours de la soixantaine, tout le monde autour avait ce sujet de conversation.

Il satisfaisait ses envies. Un cervelas, un cornet de crevettes grises. L'espérance du bonheur, évanouie souvent dès les premières bouchées. En même temps, feignant toujours de ne rien désirer, « je vais manger une *demi*-tranche de jambon », « donnez-m'en un *demi*-verre », continuellement. Des manies, maintenant, comme défaire le papier des gauloises, mauvais au goût, et les renrouler dans du Zig-Zag avec précaution.

Le dimanche, ils faisaient un tour en voiture pour ne pas *s'encroûter*, le long de la Seine, là où il avait travaillé autrefois, sur les jetées de Dieppe ou de Fécamp. Mains le long du corps, fermées, tournées vers l'extérieur, parfois jointes dans son dos. En se promenant, il n'a jamais su quoi faire de ses mains. Le soir, il attendait le souper en bâillant. « On est plus fatigué le dimanche que les autres jours. »

La politique, surtout, *comment ça va finir tout* ça (la guerre d'Algérie, putsch des généraux, attentats de l'O.A.S.), familiarité complice avec *le grand Charles*.

Je suis entrée comme élève-maîtresse à l'école normale de Rouen. J'y étais nourrie avec excès, blanchie, un homme à toutes mains réparait même les chaussures. Tout gratuitement. Il éprouvait une sorte de respect pour ce système de prise en charge absolue. L'État m'offrait d'emblée ma place dans le monde. Mon départ de l'école en cours d'année l'a désorienté. Il n'a pas compris que je quitte, pour une question de liberté, un endroit si sûr, où j'étais comme à l'engrais.

J'ai passé un long moment à Londres. Au loin, il devint certitude d'une tendresse abstraite. Je commençais à vivre pour moi seule. Ma mère m'écrivait un compte rendu du monde autour. Il fait froid par chez nous espérons que cela ne va pas durer. On est allés dimanche voir nos amis de Granville. La mère X est morte soixante ans ce n'est pas vieux. Elle ne savait pas plaisanter par écrit, dans une langue et avec des tournures qui lui donnaient déjà de la peine. Écrire comme elle parlait aurait été plus difficile encore, elle n'a jamais appris à le faire. Mon père signait. Je leur répondais aussi dans le ton du constat. Ils auraient ressenti toute recherche de style comme une manière de les tenir à distance.

Je suis revenue, repartie. A Rouen, je faisais une licence de lettres. Ils se houspillaient moins, juste les remarques acrimonieuses connues, « on va encore manquer d'Orangina par ta faute », « qu'est-ce que tu peux bien lui raconter au curé à être toujours pendue à l'église », par habitude. Il avait encore des projets pour que le commerce et la maison aient bonne apparence, mais de moins en moins la perception des bouleversements qu'il aurait fallu pour attirer une nouvelle clientèle. Se contentant de celle que les blanches alimentations du centre effarouchaient, avec ce coup d'œil des vendeuses regardant *comment vous êtes habillé*. Plus d'ambition. Il s'était résigné à ce que son commerce ne soit qu'une survivance qui disparaîtrait avec lui.

Décidé maintenant *à profiter un peu de l'existence*. Il se levait plus tard, après ma mère, travaillait doucement au café, au jardin, lisait le journal d'un bout à l'autre, tenait de longues conversations avec tout le monde. La mort, allusivement, sous forme de maximes, on sait bien ce qui nous attend. A chaque fois que je rentrais à la maison, ma mère : « Ton père, regarde-le, c'est un coq en pâte! »

A la fin de l'été, en septembre, il attrape des guêpes sur la vitre de la cuisine avec son mouchoir et il les jette sur la plaque à feu continu du poêle allumé déjà. Elles meurent en se consumant avec des soubresauts.

Ni inquiétude, ni jubilation, il a pris son parti de me voir mener cette vie bizarre, irréelle : avoir vingt ans et plus, toujours sur les bancs de l'école. « Elle étudie pour être professeur. » De quoi, les clients ne demandaient pas, seul compte le titre, et il ne se souvenait jamais. « Lettres modernes » ne lui parlait pas comme aurait pu le faire mathématiques ou espagnol. Craignant qu'on ne me juge toujours trop privilégiée, qu'on ne les imagine riches pour m'avoir ainsi poussée.

Mais n'osant pas non plus avouer que j'étais boursière, on aurait trouvé qu'ils avaient bien de la chance que l'État me paie à ne rien faire de mes dix doigts. Toujours cerné par l'envie et la jalousie, cela peut-être de plus clair dans sa condition. Parfois, je rentrais chez eux le dimanche matin après une nuit blanche, je dormais jusqu'au soir. Pas un mot, presque de l'approbation, une fille peut bien s'amuser *gentiment*, comme une preuve que j'étais tout de même normale. Ou bien une représentation idéale du monde intellectuel et bourgeois, opaque. Quand une fille d'ouvrier se mariait enceinte, tout le quartier le savait.

Aux vacances d'été, j'invitais à Y... une ou deux copines de fac, des filles *sans préjugés* qui affirmaient « c'est le cœur qui compte ». Car, à la manière de ceux qui veulent prévenir tout regard condescendant sur leur famille, j'annonçais : « Tu sais chez moi c'est *simple*. » Mon père était heureux d'accueillir ces jeunes filles si bien élevées, leur parlait beaucoup, par souci de politesse évitant de laisser tomber la conversation, s'intéressant vivement à tout ce qui concernait mes amies. La composition des repas était source d'inquiétude, « est-ce que *mademoiselle* Geneviève aime les tomates? ». Il se mettait en quatre. Quand la famille d'une de ces amies me recevait, j'étais admise à partager de façon naturelle un mode de vie que ma venue ne changeait pas. A entrer dans leur monde qui ne redoutait aucun regard étranger, et qui m'était ouvert parce que j'avais oublié les manières, les idées et les goûts du mien. En donnant un caractère de fête à ce qui, dans ces milieux, n'était qu'une visite banale, mon père voulait honorer mes amies et passer pour quelqu'un qui a du savoir-vivre. Il révélait surtout une infériorité qu'elles reconnaissaient malgré elles, en disant par exemple, « bonjour monsieur, comme ça va-*ti*? ».

Un jour, avec un regard fier : « Je ne t'ai jamais fait honte. »

A la fin d'un été, j'ai *amené à la maison* un étudiant de sciences politiques avec qui j'étais liée. Rite solennel consacrant le droit d'entrer dans une famille, effacé dans les milieux modernes, aisés, où les copains entraient et sortaient librement. Pour recevoir ce jeune homme, il a mis une cravate, échangé ses bleus contre un pantalon du dimanche. Il exultait, sûr de pouvoir considérer mon futur mari comme son fils, d'avoir avec lui, par-delà les différences d'instruction, une connivence d'hommes. Il lui a montré son jardin, le garage qu'il avait construit seul, de ses mains. Offrande de ce qu'il savait faire, avec l'espoir que sa valeur serait reconnue de ce garçon qui aimait sa fille. A celui-ci, il suffisait d'être *bien élevé*, c'était la qualité que mes parents appréciaient le plus, elle leur apparaissait une conquête difficile. Ils n'ont pas cherché à savoir, comme ils l'auraient fait pour un ouvrier, s'il était courageux et ne buvait pas. Conviction profonde que le savoir et les bonnes manières étaient la marque d'une excellence intérieure, innée.

Quelque chose d'attendu depuis des années peut-être, un souci de moins. Sûr maintenant que je n'allais pas *prendre n'importe qui* ou devenir une *déséquilibrée*. Il a voulu que ses économies servent à aider le jeune ménage, désirant compenser par une générosité infinie l'écart de culture et de pouvoir qui le séparait de son gendre. « Nous, on n'a plus besoin de grand-chose. »

Au repas de mariage, dans un restaurant avec vue sur la Seine, il se tient la tête un peu en arrière, les deux mains sur sa serviette étalée sur les genoux et il sourit légèrement, dans le vague, comme tous les gens qui s'ennuient en attendant les plats. Ce sourire veut dire aussi que tout, ici, aujourd'hui, est très bien. Il porte un costume bleu à rayures, qu'il s'est fait faire sur mesures, une chemise blanche avec, pour la première fois, des boutons de manchette. Instantané de la mémoire. J'avais tourné la tête de ce côté au milieu de mes rires, certaine qu'il ne s'amusait pas.

Après, il ne nous a plus vus que de loin en loin.

On habitait une ville touristique des Alpes, où mon mari avait un poste administratif. On tendait les murs de toile de jute, on offrait du whisky à l'apéritif, on écoutait le panorama de musique ancienne à la radio. Trois mots de politesse à la concierge. J'ai glissé dans cette moitié du monde pour laquelle l'autre n'est qu'un décor. Ma mère écrivait, vous pourriez venir vous reposer à la maison, n'osant pas dire de venir les voir pour eux-mêmes. J'y allais seule, taisant les vraies raisons de l'indifférence de leur gendre, raisons indicibles, entre lui et moi, et que j'ai admises comme allant de soi. Comment un homme né dans une bourgeoisie à diplômes, constamment « ironique », aurait-il pu se plaire en compagnie de *braves gens*, dont la gentillesse, reconnue de lui, ne compenserait jamais à ses yeux ce manque essentiel : une conversation spirituelle. Dans sa famille, par exemple, si l'on cassait un verre, quelqu'un s'écriait aussitôt, « n'y touchez pas, il est brisé! » (Vers de Sully Prud'homme).

C'est toujours elle qui m'attendait à la descente du train de Paris, près de la barrière de sortie. Elle me prenait de force ma valise, « elle est trop lourde pour toi, tu n'as pas l'habitude ». Dans l'épicerie, il y avait une personne ou deux, qu'il cessait de servir une seconde pour m'embrasser avec brusquerie. Je m'asseyais dans la cuisine, ils restaient debout, elle à côté de l'escalier, lui dans l'encadrement de la porte ouverte sur la salle de café. A cette heure-là, le soleil illuminait les tables, les verres du comptoir, un client parfois dans la coulée de lumière, à nous écouter. Au loin, j'avais épuré mes parents de leurs gestes et de leurs paroles, des corps glorieux. J'entendais à nouveau leur façon de dire « a » pour « elle », de parler fort. Je les retrouvais tels qu'ils avaient toujours été, sans cette « sobriété » de maintien, ce langage correct,

qui me paraissaient maintenant naturels. Je
me sentais séparée de moi-même.

Je sors de mon sac, le cadeau que je lui
apporte. Il le déballe avec plaisir. Un flacon
d'after-shave. Gêne, rires, à quoi ça sert?
Puis, « je vais sentir la cocotte! ». Mais il
promet de s'en mettre. Scène ridicule du
mauvais cadeau. Mon envie de pleurer comme
autrefois « il ne changera donc jamais! ».

On évoquait les gens du quartier, mariés,
morts, partis de Y... Je décrivais l'apparte-
ment, le secrétaire Louis-Philippe, les fau-
teuils de velours rouge, la chaîne hi-fi. Très
vite, il n'écoutait plus. Il m'avait élevée pour
que je profite d'un luxe que lui-même igno-
rait, il était heureux, mais le Dunlopillo ou
la commode ancienne n'avaient pas d'autre
intérêt pour lui que de certifier ma réussite.
Souvent, pour abréger : « Vous avez bien raison de profiter. »

Je ne restais jamais assez longtemps. Il me
confiait une bouteille de cognac pour mon
mari. « Mais oui, ce sera pour une autre fois. »

Fierté de ne rien laisser paraître, dans la poche avec le mouchoir par-dessus.

Le premier supermarché est apparu à Y..., attirant la clientèle ouvrière de partout, on pouvait enfin faire ses courses sans rien demander à personne. Mais on dérangeait toujours le petit épicier du coin pour le paquet de café oublié en ville, le lait cru et les malabars avant d'aller à l'école. Il a commencé d'envisager la vente de leur commerce. Ils s'installeraient dans une maison adjacente qu'ils avaient dû acheter autrefois en même temps que le fonds, deux pièces cuisine, un cellier. Il emporterait du bon vin et des conserves. Il élèverait quelques poules pour les œufs frais. Ils viendraient nous voir en Haute-Savoie. Déjà, il avait la satisfaction d'avoir droit, à soixante-cinq ans, à la sécurité sociale. Quand il revenait de la pharmacie, il s'asseyait à la table et collait les vignettes avec bonheur.

Il aimait de plus en plus la vie.

Plusieurs mois se sont passés depuis le moment où j'ai commencé ce récit, en novembre. J'ai mis beaucoup de temps parce qu'il ne m'était pas aussi facile de ramener au jour des faits oubliés que d'inventer. La mémoire résiste. Je ne pouvais pas compter sur la réminiscence, dans le grincement de la sonnette d'un vieux magasin, l'odeur de melon trop mûr, je ne retrouve que moi-même, et mes étés de vacances, à Y... La couleur du ciel, les reflets des peupliers dans l'Oise toute proche, n'avaient rien à m'apprendre. C'est dans la manière dont les gens s'assoient et s'ennuient dans les salles d'attente, interpellent leurs enfants, font au revoir sur les quais de gare que j'ai cherché la figure de mon père. J'ai retrouvé dans des êtres anonymes rencontrés n'importe où, porteurs à leur insu des signes de force ou d'humiliation, la réalité oubliée de sa condition.

Il n'y a pas eu de printemps, j'avais l'impression d'être enfermée dans un temps invariable depuis novembre, frais et pluvieux, à peine plus froid au cœur de l'hiver. Je ne pensais pas à la fin de mon livre. Maintenant je sais qu'elle approche. La chaleur est arrivée début juin. A l'odeur du matin, on est sûr qu'il fera beau. Bientôt je n'aurai plus rien à écrire. Je voudrais retarder les dernières pages, qu'elles soient toujours devant moi. Mais il n'est même plus possible de revenir trop loin en arrière, de retoucher ou d'ajouter des faits, ni même de me demander où était le bonheur. Je vais prendre un train matinal et je n'arriverai que dans la soirée, comme d'habitude. Cette fois je leur amène leur petit-fils de deux ans et demi.

Ma mère attendait à la barrière de sortie, sa jaquette de tailleur enfilée par-dessus sa blouse blanche et un foulard sur ses cheveux qu'elle ne teint plus depuis mon mariage. L'enfant, muet de fatigue et perdu, au bout de ce voyage interminable, s'est laissé embrasser et entraîner par la main. La chaleur était légèrement tombée. Ma mère marche toujours à pas courts et rapides. D'un seul coup, elle ralentissait en criant, « il y a des petites jambes avec nous, mais voyons! ». Mon père nous attendait dans la cuisine. Il ne m'a pas paru vieilli. Ma mère a fait remarquer qu'il était allé la veille chez le coiffeur pour faire honneur à son petit garçon. Une scène brouillonne, avec des exclamations, des questions à l'enfant sans attendre la réponse, des reproches entre eux, de fatiguer ce pauvre petit bonhomme, le plaisir enfin. Ils ont cherché *de quel côté il était*. Ma mère l'a emmené devant les bocaux de bonbons. Mon père, au jardin voir les fraises, puis les lapins et les canards. Ils s'emparaient complètement de leur petit-fils, décidant de tout à son propos, comme si j'étais restée une petite fille incapable de s'occuper d'un enfant. Accueillant avec doute les principes d'éducation que je croyais nécessaires, faire la sieste et pas de sucreries. On mangeait tous les quatre à la table contre la fenêtre, l'enfant sur mes genoux. Un beau soir calme, un moment qui ressemblait à un rachat.

Mon ancienne chambre avait conservé la chaleur du jour. Ils avaient installé un petit lit à côté du mien pour le petit bonhomme. Je n'ai pas dormi avant deux heures, après avoir essayé de lire. A peine branché, le fil de la lampe de chevet a noirci, avec des étincelles, l'ampoule s'est éteinte. Une lampe en forme de boule posée sur un socle de marbre avec un lapin de cuivre droit, les pattes repliées. Je l'avais trouvée très belle autrefois. Elle devait être abîmée depuis longtemps. On n'a jamais rien fait réparer à la maison, indifférence aux choses.

Maintenant, c'est un autre temps.

Je me suis réveillée tard. Dans la chambre voisine, ma mère parlait doucement à mon père. Elle m'a expliqué qu'il avait vomi à l'aube sans même avoir pu attendre de parvenir au seau de toilette. Elle supposait une indigestion avec des restes de volaille, la veille

103

au midi. Il s'inquiétait surtout de savoir si elle avait nettoyé le sol et se plaignait d'avoir mal quelque part dans la poitrine. Sa voix m'a semblé changée. Quand le petit bonhomme s'est approché de lui, il n'en a pas fait cas, restant sans bouger, à plat dos.

Le docteur est monté directement à la chambre. Ma mère était en train de servir. Elle l'a rejoint ensuite et ils sont redescendus tous les deux dans la cuisine. Au bas de l'escalier, le docteur a chuchoté qu'il fallait le transporter à l'Hôtel-Dieu de Rouen. Ma mère s'est défaite. Depuis le début, elle me disait « il veut toujours manger ce qui ne lui réussit pas », et à mon père, en lui apportant de l'eau minérale, « tu le sais pourtant bien que tu es délicat du ventre ». Elle froissait la serviette de table propre qui avait servi à l'auscultation, n'ayant pas l'air de comprendre, refusant la gravité d'un mal que nous n'avions pas, tout d'abord, vu. Le docteur s'est repris, on pouvait attendre ce soir pour décider, ce n'était peut-être qu'un coup de chaleur.

Je suis allée chercher les médicaments. La

journée s'annonçait lourde. Le pharmacien m'a reconnue. A peine plus de voitures dans les rues qu'à ma dernière visite l'année d'avant. Tout était trop pareil ici pour moi depuis l'enfance pour que j'imagine mon père vraiment malade. J'ai acheté des légumes pour une ratatouille. Des clients se sont inquiétés de ne pas voir le patron, qu'il ne soit pas encore levé par ce beau temps. Ils trouvaient des explications simples à son malaise, avec comme preuves leurs propres sensations, « hier il faisait au moins 40 degrés dans les jardins, je serais tombé si j'y étais resté comme lui », ou, « avec cette chaleur on n'est pas bien, je n'ai rien mangé hier ». Comme ma mère, ils avaient l'air de penser que mon père était malade pour avoir voulu désobéir à la nature et faire le jeune homme, il recevait sa punition mais il ne faudrait pas recommencer.

En passant près du lit, à l'heure de sa sieste, l'enfant a demandé : « Pourquoi il fait dodo, le monsieur ? »

Ma mère montait toujours entre deux clients. A chaque coup de sonnette, je lui criais d'en bas comme autrefois « il y a du monde! » pour qu'elle descende servir. Il ne prenait que de l'eau, mais son état ne s'aggravait pas. Le soir, le docteur n'a plus reparlé d'hôpital.

Le lendemain, à chaque fois que ma mère ou moi lui demandions comment il se sentait, il soupirait avec colère ou se plaignait de n'avoir pas mangé depuis deux jours. Le docteur n'avait pas plaisanté une seule fois, à son habitude, en disant : « C'est un pet de travers. » Il me semble qu'en le voyant descendre, j'ai constamment attendu cela ou n'importe quelle autre boutade. Le soir, ma mère, les yeux baissés, a murmuré « je ne sais pas ce que ça va faire ». Elle n'avait pas encore évoqué la mort possible de mon père. Depuis la veille, on prenait nos repas ensemble, on s'occupait de l'enfant, sans parler de sa maladie entre nous deux. J'ai répondu « on va voir ». Vers l'âge de dix-huit ans, je l'ai parfois entendue me jeter, « s'il t'arrive un *malheur*... tu sais ce qu'il te reste à faire ». Il n'était pas nécessaire de préciser quel malheur, sachant bien l'une et l'autre de quoi il s'agissait sans avoir jamais prononcé le mot, tomber enceinte.

Dans la nuit de vendredi à samedi, la respiration de mon père est devenue profonde et déchirée. Puis un bouillonnement très fort, distinct de la respiration, continu, s'est fait entendre. C'était horrible parce qu'on ne savait pas si cela venait des poumons ou des intestins, comme si tout l'intérieur communiquait. Le docteur lui a fait une piqûre de calmants. Il s'est apaisé. Dans l'après-midi, j'ai rangé du linge repassé dans l'armoire. Par curiosité, j'ai sorti une pièce de coutil rose, la dépliant au bord du lit. Il s'est alors soulevé pour me regarder faire, me disant de sa voix nouvelle : « C'est pour retapisser ton matelas, ta mère a déjà refait celui-là. » Il a tiré sur la couverture de façon à me montrer le matelas. C'était la première fois depuis le début de son attaque qu'il s'intéressait à quelque chose autour de lui. En me rappelant ce moment, je crois que rien n'est encore perdu, mais ce sont des paroles pour montrer qu'il n'est pas très malade, alors que justement cet effort pour se raccrocher au monde signifie qu'il s'en éloignait.

Par la suite, il ne m'a plus parlé. Il avait toute sa conscience, se tournant pour les piqûres lorsque la sœur arrivait, répondant oui ou non aux questions de ma mère, s'il avait mal, ou soif. De temps en temps, il protestait, comme si la clef de la guérison était là, refusée par on ne sait qui, « si je pouvais manger, au moins ». Il ne calculait plus depuis combien de jours il était à jeun. Ma mère répétait « un peu de diète ne fait pas de mal ». L'enfant jouait dans le jardin. Je le surveillais en essayant de lire *Les Mandarins* de Simone de Beauvoir. Je n'entrais pas dans ma lecture, à une certaine page de ce livre, épais, mon père ne vivrait plus. Les clients demandaient toujours des nouvelles. Ils auraient voulu savoir ce qu'il avait exactement, un infarctus ou une insolation, les réponses vagues de ma mère suscitaient de l'incrédulité, ils pensaient qu'on voulait leur cacher quelque chose. Pour nous, le nom n'avait plus d'importance.

Le dimanche matin, un marmottement

chantant, entrecoupé de silences, m'a éveil-
lée. L'extrême-onction du catéchisme. La
chose la plus obscène qui soit, je me suis
enfoncé la tête dans l'oreiller. Ma mère avait
dû se lever tôt pour obtenir l'archiprêtre au
sortir de sa première messe.

Plus tard, je suis montée près de lui à un
moment où ma mère servait. Je l'ai trouvé
assis au bord du lit, la tête penchée, fixant
désespérément la chaise à côté du lit. Il tenait
son verre vide au bout de son bras tendu. Sa
main tremblait avec violence. Je n'ai pas
compris tout de suite qu'il voulait reposer le
verre sur la chaise. Pendant des secondes
interminables, j'ai regardé la main. Son air
de désespoir. Enfin, j'ai pris le verre et je l'ai
recouché, ramenant ses jambes sur le lit. « Je
peux faire cela » ou « Je suis donc bien grande
que je fais cela ». J'ai osé le regarder vraiment. Sa figure n'offrait plus qu'un rapport
lointain avec celle qu'il avait toujours eue
pour moi. Autour du dentier – il avait refusé
de l'enlever – ses lèvres se retroussaient au-
dessus des gencives. Devenu un de ces vieil-
lards alités de l'hospice devant les lits des-

quels la directrice de l'école religieuse nous faisait brailler des Noëls. Pourtant, même dans cet état, il me semblait qu'il pouvait vivre encore longtemps.

A midi et demi, j'ai couché l'enfant. Il n'avait pas sommeil et sautait sur son lit à ressorts de toutes ses forces. Mon père respirait difficilement, les yeux grands ouverts. Ma mère a fermé le café et l'épicerie, comme tous les dimanches, vers une heure. Elle est remontée près de lui. Pendant que je faisais la vaisselle, mon oncle et ma tante sont arrivés. Après avoir vu mon père, ils se sont installés dans la cuisine. Je leur ai servi du café. J'ai entendu ma mère marcher lentement au-dessus, commencer à descendre. J'ai cru, malgré son pas lent, inhabituel, qu'elle venait boire son café. Juste au tournant de l'escalier, elle a dit doucement : « C'est fini. »

Le commerce n'existe plus. C'est une maison particulière, avec des rideaux de tergal aux anciennes devantures. Le fonds s'est éteint avec le départ de ma mère qui vit dans un studio à proximité du centre. Elle a fait poser un beau monument de marbre sur la tombe. A... D... 1899-1967. Sobre, et ne demande pas d'entretien.

J'ai fini de mettre au jour l'héritage que j'ai dû déposer au seuil du monde bourgeois et cultivé quand j'y suis entrée.

Un dimanche après la messe, j'avais douze ans, avec mon père j'ai monté le grand escalier de la mairie. On a cherché la porte de la bibliothèque municipale. Jamais nous n'y étions allés. Je m'en faisais une fête. On n'entendait aucun bruit derrière la porte. Mon père l'a poussée, toutefois. C'était silencieux, plus encore qu'à l'église, le parquet craquait et surtout cette odeur étrange, vieille. Deux hommes nous regardaient venir depuis un comptoir très haut barrant l'accès aux rayons.

Mon père m'a laissé demander : « On voudrait emprunter des livres. » L'un des hommes aussitôt : « Qu'est-ce que vous voulez comme livres? » A la maison, on n'avait pas pensé qu'il fallait savoir d'avance ce qu'on voulait, être capable de citer des titres aussi facilement que des marques de biscuits. On a choisi à notre place, *Colomba* pour moi, un roman *léger* de Maupassant pour mon père. Nous ne sommes pas retournés à la bibliothèque. C'est ma mère qui a dû rendre les livres, peut-être, avec du retard.

Il me conduisait de la maison à l'école sur son vélo. Passeur entre deux rives, sous la pluie et le soleil.

Peut-être sa plus grande fierté, ou même, la justification de son existence : que j'appartienne au monde qui l'avait dédaigné.

Il chantait : *C'est l'aviron qui nous mène en rond.*

Je me souviens d'un titre *L'Expérience des limites*. Mon découragement en lisant le début, il n'y était question que de métaphysique et de littérature.

Tout le temps que j'ai écrit, je corrigeais aussi des devoirs, je fournissais des modèles de dissertation, parce que je suis payée pour cela. Ce jeu des idées me causait la même impression que le *luxe*, sentiment d'irréalité, envie de pleurer.

Au mois d'octobre l'année dernière, j'ai reconnu, dans la caissière de la file où j'attendais avec mon caddie, une ancienne élève. C'est-à-dire que je me suis souvenue qu'elle avait été mon élève cinq ou six ans plus tôt.

Je ne savais plus son nom, ni dans quelle classe je l'avais eue. Pour dire quelque chose, quand mon tour est arrivé, je lui ai demandé : « Vous allez bien ? Vous vous plaisez ici ? » Elle a répondu oui oui. Puis après avoir enregistré des boîtes de conserve et des boissons, avec gêne : « Le C.E.T., ça n'a pas marché. » Elle semblait penser que j'avais encore en mémoire son orientation. Mais j'avais oublié pourquoi elle avait été envoyée en C.E.T., et dans quelle branche. Je lui ai dit « au revoir ». Elle prenait déjà les courses suivantes de la main gauche et tapait sans regarder de la main droite.

novembre 1982 - juin 1983

DU MÊME AUTEUR

COLLECTION FOLIO

Impression Novoprint
à Barcelone, le 2 avril 2008
Dépôt légal : avril 2008
Premier dépôt légal dans la collection: mars 1986

ISBN 978-2-07-037722-0./Imprimé en Espagne.